莫泊桑短篇小說傑作選

嚴慧瑩——翻譯

莫泊桑
戰爭短篇小說選

Maupassant

Boule de suif, et autres novelles

目次

CONTENTS

以筆寫人生的莫泊桑

莫泊桑英年早逝，短短四十三年生命中，卻出版了六本長篇小說、三本旅行手記和三百五十六篇短篇小說，被譽為「短篇小說之王」。然而，如此大量的創作並非輕鬆寫成，在文學和精神導師福婁拜（《包法利夫人》的作者）的嚴格執導下，他寫作字字斟酌、不斷修改，十年間默默耕耘，直到發表第一本小說《脂肪球》，十年磨成的一劍，劍一出鞘誰與爭鋒，立刻奠定了在文壇的地位。

莫泊桑作品可分為四大類：鄉土奇談、戰爭紀錄、社會百態、驚悚恐怖。而這四類作品又與他的生平緊密相關。

莫泊桑生平

莫泊桑於一八五〇年出生於諾曼第地區一個沒落貴族之家，童年與青少年時期都在這裡度過，直到大學才前往巴黎就讀法學院。諾曼第這個民風閉塞、居民個性強悍鮮明的地區，是莫泊桑割捨不下的故鄉，寫下了非常多以諾曼第為背景、刻劃諾曼第人的短篇小說。這一系列小說有的溫馨感人，有的滑稽可笑，有的光怪陸離，有的添加天馬行空的場景，但筆下永遠帶著對斯土斯人的感情，這一系列歸類為鄉土奇談。在文學作品背景大多集中在首都巴黎的當時代，莫泊桑這一系列小說可說開了鄉土小說的先河。

莫泊桑的父母親在他年幼時就離異，所以成長的世界裡只有母親。莫泊桑的母親文學素養深厚，喜歡讀經典文學，母兼父職擔負起兒子的教育重任。莫泊桑和母親非常親近，自然也受到母親文學喜好的啟蒙。他在海邊鄉村大自然的陶冶中度過快樂的年少時光，尤其喜歡釣魚、和農人聊天，在他鄉土系列短篇小說中，對鄉野生活、鄉下人習氣的描寫顯得特別真切並充滿情感，就是對這段時光的緬懷。

莫泊桑進入諾曼第首府盧昂中學，學業成績不錯，更發展對文學、詩、戲劇的喜好。這段期間，母親將他的文學教育託付給世親好友福婁拜，福婁拜成為少年莫泊桑的精神與文學導師。高中畢業，莫泊桑前往巴黎念法學院。但一年之後，一八七〇年普法戰爭爆發，他應召入伍，擔任後勤兵，次年離開軍旅，並離開故鄉，定居於巴黎。

在軍中的這一年，促使他寫下著作中非常重要的戰爭系列短篇小說，也就是本書。

戰爭結束後，莫泊桑回到巴黎，先後擔任海軍部和教育部職員，進而對政府小職員生活的苦辣酸甜有了深切的體驗，這成就了他社會百態系列的著作。十年小公務員無趣的生活期間，莫泊桑勤奮不倦地寫作，並在大文豪福婁拜的引薦下，與左拉、小仲馬、屠格涅夫等大作家成了文友。

在巴黎這十年期間，他創作量驚人，寫的文章立即交給福婁拜過目，亦父亦師、亦師亦友的福婁拜對莫泊桑要求嚴格，每星期日莫泊桑到他家時，他對文稿批評指導，要他再修再改再寫，一直到《脂肪球》，認為功力到了，才同意莫泊桑出版。

一八八〇年出版的《脂肪球》像平地一聲雷，響徹文壇，被評論家譽為天才，立刻成為暢銷小說。往後的十年之間，莫泊桑創作量驚人，名利雙收，一八八一年出版第一本短篇小說集，兩年之後已印行的十二版；一八八三年第一本長篇《她的一生》(*Une Vie*) 一年不到銷售了兩萬五千本；《漂亮朋友》(*Bel-Ami*) 四個月中印刷了三十七版；莫泊桑成了家喻戶曉的暢銷作家，文壇寵兒。

成名的莫泊桑依舊保持著他不受羈絆束縛、不結黨結派的精神，拒絕加入任何文學、政治派別，不想被貼上任何標籤，只想自由地寫作。他拒絕加入文學地位崇高的「法蘭西學院」的席位，拒絕加入財大勢大的「共濟會」，甚至拒絕榮譽勳章的殊榮。

莫泊桑身材中等，孔武有力，加上他自豪的一把招牌濃密翹鬍子，外表上不能算是美男子，但他風流成性，生活放縱，不到三十歲就患上梅毒。因疾病長期偏頭痛、神經耗弱、憂鬱症，加上以愈來愈大量的嗎啡止痛，整個健康敗壞，經常出現幻覺，這段期間與他驚悚恐怖小說的創作也大有關係。

多次進出精神療養院的莫泊桑，於一八九二自殺未果後再次入院，全身麻痺，在醫院度過十八個月後死亡，享年四十三歲，身後留下大量未完成的殘稿。

戰爭小說系列

一八七〇年七月十六日，普法戰爭爆發。正就讀法學院，還未滿二十歲的莫泊桑應召入伍，等於是以戰爭作為成年的洗禮。雖然未上前線作戰，待在軍隊的時間也只有一年，但這一年讓觀察敏銳、心思細膩的他受到極大震撼，寫下一系列戰爭短篇小說。這一系列戰爭小說雖然數量不多，卻在莫泊桑寫作生涯、以及後世評論中，成為重心。

在一篇名為〈戰爭〉的文章中，莫泊桑寫下對戰爭的痛恨、對魯莽向普魯士宣戰的政府的不滿：「四萬人集聚在一起，日夜不休息往前行，什麼也不思考，什麼也不研讀，什麼也不學習，什麼書也不讀，沒有對任何人帶來益處，渾身骯髒惡臭，睡在穀倉裡，像個渾噩的野獸般活著，掠奪城市，焚燒村莊，毀掉人民，遇到另一團行屍走肉的敵軍時，撲身而上，血流成河，遍野屍體和染成血紅的爛泥混在一起，缺手斷腳不成形的殘屍、四溢的腦漿，對人類一點益處都沒有，默默死在荒野一角，而這同時，年邁的雙親、妻子兒女正因飢餓而死……」。這是他以專欄作家身分刊登在報章上的文章，批判戰爭與挑起戰爭的政客，字字鏗鏘有力，尖銳充滿火力。

但以小說家身分寫下的戰爭短篇小說系列中，沒有疾聲吶喊，沒有英雄式的壯烈成仁，沒有慷慨激昂的批判，只有大歷史下的小人物，各自以各自的方式捍衛著國家尊嚴、保護著自己與親人的生命，大環境悲劇背景下市井小民的悲歡離合與掙扎。這種勾勒白描，比任何慷慨激昂的渲染更撼動人心。

為了國家尊嚴犯下殺死普魯士軍官罪行的妓女（《呸呸小姐》）、堅持不吐露通關密語而被普魯士軍沉江的釣魚小市民（《兩個朋友》）、報復自己兒子戰死沙場而縱火燒死住在自己農莊的普魯士兵的鄉下老婦（《野蠻大媽》）、半夜偷偷在鄉野裡突襲殺害敵兵的老農夫（《米農老爹》）、冰天雪地裡為了護送一個年輕女子而精神振奮的士兵（《上校的見解》）、以傳染梅毒來報復普魯士軍人的可憐女子（《第二十九號病床》）……一個個大時代小人物的故事，一點一滴地拼湊出一個時代的輪廓和一個民族的影像。這些小故事語言樸實，結構簡單，對比鮮明，但在看似簡單的情節背後，隱含的深意令人再三沉思。

不管是針對什麼情況、什麼人物，儘管有的陰沉有的詼諧，有的荒唐可笑有的引人悲憐，莫泊桑筆下永遠帶著對人性透徹的批判與深沉的關懷，這也是他的小說能穿越世代，引人共鳴的地方。

在所有戰爭小說中，篇幅最長、也是讓他一躍文壇頂峰的，是《脂肪球》。故事敘述一輛被准許離開占領區的馬車途中被普魯士軍官扣留，放行的代價是車上的乘客妓女脂肪球向普魯士長官獻身，被她堅決拒絕。但是同行的小貴族、小資本家、為了自己的利益，勸脂肪球以「大局為重」服從。經過一番「曉以大義」，羊脂球被迫讓步，馬車得以通行。第二天早上馬車出發時，同伴們全換了嘴臉，鄙視她、疏遠她、冷落她，留她獨自在馬車一角哭泣。

這個故事不僅刻劃了戰爭這個時代背景，也在這大背景之下刻劃了社會中上層人士、有錢階級只顧自己、忘恩負義、虛假的嘴臉。情節環環相扣，作者卻沒有下任何判斷性字眼，一幅人性白描，讓讀者自行解讀，也自己去消解。

這是莫泊桑作品最可貴的地方，不管大環境如何，壓擠出的人性是所有人能夠理解、印證、將心比心的。悠悠歷史之中，戰爭所在多有，重要的不是戰爭，而是戰爭下的人。

莫泊桑寫作風格

莫泊桑出生於一八五〇年，也就是巴爾札克逝世的那一年。後人常將莫泊桑比做巴爾札克「現實主義」傳人，其實莫泊桑並不以為然。

莫泊桑自許為「主觀寫實」作家，只以「作者自己的觀點」呈現事實，既不像現實主義的巴爾札克深入描寫人物心情和觀點，也不像自然主義作家（如左拉）以科學式的條理呈現現實。

莫泊桑的小說布局精巧，文筆簡潔清晰，細節生動充滿張力，筆調行雲流水，以人物對話和一幕幕生動的景象建構出平凡而感人的故事，作者隱身在文字之後，從不藉由人物之口發表自己的言論，也從不藉由分析人物心理彰顯自己的看法。對他來說：「在書中，心理活動應該被隱藏，如同在生命中，心理活動隱藏在現實之下。」

的確，莫泊桑的寫作風格最與眾不同之處，是他的細筆白描，以觀察者精銳的眼神，看到最微小而深具意義的細節。而這，是需長時間的「凝視」與「關懷」，才能夠做到的。

評論家經常稱譽莫泊桑是「最會說故事」的作家，其實，故事說得吸引人固然重要，決不是他能流傳至今絲毫不褪色的原因；這些故事能穿越時空、民族、歷史背景，永遠讓人感動，是因為他是一個用心來體現生命、以筆描寫生命的作家。

莫泊桑曾對好友說：「我如同一顆彗星進入文學界，也將如一聲雷般離開它」。他的確如一聲雷，但這雷聲轟轟不絕，經過幾個世紀，直到今日依舊回響在世界文學當中。

本書譯者　嚴慧瑩

脂肪球

連續好些天以來，一小撮一小群的殘兵不斷穿過城裡，稱不上隊伍，只能算潰散的烏合之眾。他們的鬍子又長又髒，軍服破爛襤褸，無精打采地走著，沒有軍旗，也不成隊伍。個個都一副殘兵敗將的樣子，疲憊不堪，無法思考也毫無想法，只是依著習慣往前走，若一停下來就會疲倦倒地。他們大多是接到動員令徵召來的民兵。原是溫和的百姓，平日安享收益的人，現在卻扛著槍枝，身體彎曲成兩半；還有一些是國民防護隊，他們警覺性強，膽子小，一腔熱血，煽動一下就全力攻擊，受到挫敗也就立刻潰逃。當中也有幾個是真正職業軍人，一場激戰中某一師解體的殘兵、悽慘的砲兵和潰散的各類步兵排在一起，不時還可看到戴著閃亮的頭盔的龍騎兵，拖著沉重的腳步，跟在步履稍顯靈活的前線作戰步兵後面。

一團一團的游擊隊也帶著土匪的神氣走過，他們各自打著英雄式的名號：「敗仗復仇者」、「墓中公民」、「死亡分享者」。

他們的首領，戰爭之前做的是布匹或種子的買賣、賣羊脂或肥皂的生意人，因為時勢而進了游擊隊；因為他們有錢、或是鬍子比較長，不分究裡地獲得軍官階級，配上槍，穿上法蘭絨制服，戴上軍階。他們扯著喉嚨討論作戰計畫，自吹自擂自己一肩扛起奄奄一息的法國，但是他們其實有時候還得提防自己的手下，那些傢伙都是十惡不赦的壞蛋，猖狂大膽、無法無天的盜匪。

普魯士軍隊很快要佔領盧昂了，大家都這麼說。

兩個月以來，國民自衛軍在城外附近樹林裡謹慎小心地偵查，草木皆兵，還幾次開槍誤傷了自己的士兵，光一隻兔子出沒草叢，就像面臨大敵似的。他們都各自卸甲歸家，槍枝武器、制服、本來方圓三里公路兩旁保衛、退敵的裝置也突然消失了。

最後一些法國士兵終於渡過塞納河，經過聖歇維（Saint-Sever）和阿夏堡（Bourg-

Achard），抵達歐德梅橋（Pont-Audemer）；走在隊伍最後面的將軍，萬念俱灰，拿手下這一群衣衫襤褸的殘兵不知如何是好，連他自己也因素來驍勇善戰、無敵不克的民族這次遭到毀滅性的瓦解崩潰而慌亂不已，拖著腳步，旁邊跟著兩個副官。

市區籠罩著一種深沉的平靜和一種駭然而靜肅的等待。許多大腹便便的有錢人，被生意消磨了鬥志，擔憂地等待著勝利者到來，想起廚房裡的烤肉鐵插和切肉大刀若被誤以為是武器，不禁嚇得渾身發抖。

生活像是停頓了，店鋪關了門，街上無聲無息。偶爾出現一個居民，被這寂靜嚇到，緊挨著牆壁快速溜過。

焦慮的等待，反而讓人希望敵人快點到來。

在法國軍隊撤退的那天下午，不知從哪兒冒出幾個普魯士槍騎兵，迅速穿過市區。再稍晚一些，就有一堆黑壓壓的人馬從聖卡德林山坡（Sainte-Catherine）下來，另外兩批入侵者也出現在達爾恩達（Darnetal）大路上和吉詠樹林（Bois Guillaume）大路上。這三個前鋒部隊同時間抵達市政府廣場，在此會合；隨後，德國軍隊主力來了，一個營接著一個營，強力而有節奏的步伐踏得石板路蹉蹉響。

一個陌生帶著喉音的口令，沿著那些像是死寂荒蕪的房子往上升，然而護窗板後面，卻有許多雙眼睛窺伺著那些勝利的軍人，那些依據「戰爭律法」而成為整個城市生命財產的主人的軍人。居民們在黝暗的房子裡，驚嚇不已，就像面臨巨大災難，大地崩陷；對抗這種災害，所有人類的智慧和力氣都是無用的。因為每逢一切事物的秩序被顛覆，就不再有安全，人類法律或自然律法所保障的，都任由一種無意識的殘忍暴力擺布。地震把整個國民壓在坍塌的房子底下；暴漲的河流捲走溺水的農民、牛的屍體、以及房屋被沖垮的棟樑；打了勝仗的軍隊屠殺自衛的一方，俘虜百姓，用刀搶奪，用砲聲向神明致意；這些恐怖災難一而再、再而三破壞人們對永恆正義的信仰，破壞我們所被教育的、對於上天的庇佑和人類理智的信心。

一個一個小支隊在房屋前敲著門，然後消失在房子裡。這是入侵之後的佔領行為。戰敗者必須開始對戰勝者展現親切友好。

過了一段時間，初期的恐怖消失之後，又恢復一種新的平靜。在許多人家，普魯士軍官和主人同桌吃飯。軍官中也有一些是家教良好的人，為了顧全禮貌，替法國叫屈，說自己根本不願意參加這場戰爭。大家很感激他這樣的情懷，更何況，自己說不定有一天需要他的保護，權且應付著他，或許還能藉此少接待幾個士兵，少幾張嘴吃飯。並且，何苦得罪一個自己完全仰其鼻息的人呢？倘若這樣做，根本不叫勇敢，而是魯莽冒失——然而盧昂居民已不再魯莽冒失，不再像之前壯烈守護他們城市那時期的勇猛——大家按照法國人的文明禮節演繹出的最高結論，只要不在公開場合和外國軍人表示親近，關起門在家裡講究禮貌是可以的。一出了門就形同陌路，但在家裡彼此交談，住在家裡的那個德國人因而每晚待得更久一點，和主人一家子一起在壁爐前烤火。

市區甚至慢慢恢復了平常的狀態。法國人還不大出門，但普魯士士兵卻在街上往來不息。此外，好些藍軍服的騎兵軍官傲慢地在石板街上拖著長大軍刀，但是對平民百姓的輕蔑態度，倒也不比去年在同樣那些咖啡館裡喝酒的法國步兵軍官更為明顯。

然而，空氣中有點不一樣，有點飄忽而陌生的東西，一種難以容忍的異樣氣氛，像是一股散發開來的氣味，入侵的氣味。它充斥在私人住宅和公共領域，它改變了食物的滋味，它讓人覺得像是在前往遠方的旅途當中，正步向野蠻危險的部落。

戰勝者需索金錢，大筆的錢。居民如數繳納，他們其實很有錢，但是一個諾曼第買賣人愈是有錢，就愈怕犧牲一分一毫，愈害怕看見自己財富的任何一部分轉到另外一個人手裡。

然而，在城市下游兩三法里的河裡，靠近克瓦樹（Croisset）、帝耶卜達勒（Dieppedalle）、或是別薩爾（Biessart）那一帶，經常有船家或漁夫從水底打撈出腫脹的穿著軍服的德國人屍體，或是被刀刺死或是被一腳踢死，腦袋被石頭砸爛或是在橋上被推下水裡。河底的汙泥隱埋了這類隱晦、野蠻、卻又合理的報復。不為人知的英雄行徑、無聲的襲擊，比光天化日下的戰役更可怕，卻沒有響亮的榮耀。

對外國入侵者的怨恨，素來能激發某些膽大無畏的人為了信念不顧性命。

這些入侵者雖然以嚴苛的紀律控制著市區，但並沒有做出他們在整個勝利路線沿路所幹的駭人聽聞恐怖行徑，大家漸漸膽子大了，本區商人又開始心念著買賣。好幾個商人在哈佛港（Havre）訂有重大利益的契約，那個城市還在法軍防守之下，他們想走陸路到迪耶普（Dieppe），再從那裡坐船到哈佛港。

他們藉由熟識的日耳曼軍官的影響力，得到了總司令簽發的通行證。

因此，十個人到車行訂了位，車行準備了一輛四匹馬拉的公共驛車跑這趟旅途，為了避人耳目，決定星期二天亮之前出發。

好一陣子以來，積雪已經把地凍硬了，星期一下午約三點時，從北方壓過來大朵大朵的黑雲，帶來的雪下個不停，整個晚上、整夜都沒停。

清晨四點半，旅客們聚集在諾曼第旅館的院子裡，這是他們預定上車的地方。他們都還睡意沉沉，裹著毯子發著抖。黑暗中誰也看不清誰，穿著滿身冬季的厚衣服，讓每個人都像穿著長袍的肥胖教士，不過有兩個旅客認出彼此，第三個也圍上前搭訕，開始聊起天：「我帶了妻子一同上路。」其中一個說。——「我也是。」——「我也是。」第一個又說：「我們不會再回盧昂來了，要是普魯士軍隊欺近哈佛港，我們就逃到英國去。」他們性質相同，所以也都抱著同樣的打算。

然而，馬車一直都還沒套上。馬車伕提著小燈籠不時從一扇烏黑的門走出來，又立刻進了另一扇門。馬蹄頓蹬著地面，但被地上鋪的廄草減低了聲響，屋裡傳來一陣對牲口說話和斥罵的聲音。馬頸上的輕微鈴聲顯示正在上馬具配鞍轡，輕微的鈴聲跟隨著牲口的動作，很快變成明顯而持續急促，有時候靜止一下，又突然亂震一陣子，伴隨著釘了蹄鐵的馬蹄踏著地面的沉悶聲響。

門突然關上了。一切聲響都停止。那些冷得打哆嗦的有錢人也閉上了嘴，凍僵了似的一動也不動。

連綿不斷的雪片像帷幕一般降下，發出閃爍的光芒，隱沒一切形體，在所有物體上面撒了一層綿綿雪花；在這埋在嚴寒之下寂靜的城市裡，什麼都聽不見，只聽見無數飄忽的雪片模糊的簌簌聲，與其說聲音，不如說是感覺，覺得交錯的微小雪花充斥著整個空間，覆蓋了整個大地。

馬車伕又提著燈籠出現了，手上繩索拉著一匹心不甘情不願的可憐的馬。他把馬拉近車轅，綁上馬套，轉來轉去上緊馬鞍，因為手裡拿著燈籠，只能靠一隻手幹活。他正要再去牽第二匹馬，突然發現站著不動的旅客都已全身雪白，對他們說：「你們為什麼不上車呢？至少能遮蔽風雪。」

他們無疑原先都沒想到，現在趕忙上車。三位男士各自把妻子安頓在車廂最裡面，然後自己也上了車；隨後其他遮頭蓋面輪廓模糊的旅客也一言不發上了車，坐剩下的位子。

車廂地面鋪著麥稈，旅客們把腳縮進去取暖。坐在最裡頭的女士們都帶著裝好化學炭的銅製小火爐，燒起爐火，互相低聲地列舉它種種優點，彼此重複早已知道的事情。

終於，馬車套好了，因為雪大難行，在原先的四匹馬之外又加了兩匹。車外一個聲音問：「大家都上車了嗎？」車裡一個聲音回答：「是的。」啟程了。

馬車緩緩緩緩向前，一小步一小步。車輪深陷到雪地裡，整個車廂嘎嘎作響，馬匹滑著腳、喘著息、汗氣蒸騰，馬車伕那根大長鞭子不停地劈啪響著，四處飛揚，像條細蛇般捲起，又突然刷一聲鞭著馬屁股，馬一吃痛，更繃緊了往前走。

天色在不知不覺中愈來愈亮。旅客中一個土生土長的盧昂人形容為棉花雨的輕盈雪片已經不下了，厚而沉重的黑雲中透出一縷昏濁的天光，使一片白色的鄉野更閃閃發亮，時而出現一排結滿霜的高大樹林，或是一座頂著白色屋頂的茅屋。

車廂裡，在黎明黯淡的光線之下，旅客們好奇地彼此對看。

最裡面，也是最好的位置，盧瓦索先生太太面對面坐著打瞌睡，他是大橋街(rue Grand-Pont)上的葡萄酒大盤商。

盧瓦索先生原本是個夥計，老闆生意失敗之後，他盤下店面，發了財。他以低價把品質低劣的酒賣給鄉下的小酒商，在相識朋友的眼中，他是個狡猾的無賴，一肚子鬼點子且快活的道地諾曼第人。

他招搖撞騙的名聲人人皆知，以至於有一天在省長家的晚宴上，涂爾聶先生——他是創作寓言和歌曲的作家，文筆辛辣而細膩，被視為本地的榮耀——看見與會女客們快打瞌睡了，提議玩「鳥騙錢」[1]的遊戲，這個字眼飛越省長家的廳堂，進到家家戶戶客廳，全省的人張大嘴巴整整開懷大笑了一個月。

此外，盧瓦索先生也以他各種性質的詭計、他善意或惡意的玩笑出名；不論誰只要談到他，都會立即加上一句：「這盧瓦索，真是逗趣得不得了。」

他身材五短，腆著一個氣球一樣的肚子，上頭是個赭紅色的臉，夾在開始灰白的鬢鬍之間。

他的妻子高大、健壯、果斷，嗓子大而且決定下得快，是他們興興隆隆的店裡拿主意的首腦。

他們旁邊坐著一個更體面些的人，階級高一級，加瑞-拉瑪東先生。他是個有頭有臉的人物，以綿業起家，手下有三家棉紡廠，曾獲得榮譽勳章，也是省議會議員。整個帝國時期[2]，他始終是個善意的反對派領袖，據他自己的說法，他只是用禮數做武器，唯一目的是讓對方高價收買。加瑞-拉瑪東太太比丈夫年輕許多，素來是被編派到盧昂駐防的名門軍官的「慰藉」。

她坐在丈夫對面，嬌小、可人、漂亮，裹著毛裘，滿心悲傷地看著簡陋寒傖的車廂。

他們身旁坐的是宇貝・德培米伯爵夫婦，出身於諾曼第最古老最高貴的一個世家之一。伯爵是個儀表堂堂的氣派老紳士，努力藉由服飾裝扮加強自己與亨利四世國王(Henri IV)本來就相仿的外貌。根據他一則光耀的家族傳說，亨利四世曾讓德培米家族一位夫人懷上了孕，乃至於讓她丈夫封了伯爵，且成了本省的省長。

1 譯註：這是個玩弄同音異義的文字遊戲，「盧瓦索」這個姓氏也是「鳥」的意思，而「飛」的音又與「偷」的發音相同。結果「鳥飛」的發音也可聽成「盧瓦索偷錢」。

2 譯註：這裡指的是一八五二年至一八七〇年拿破崙三世建立的「第二共和」。

宇貝・德培米伯爵和加瑞-拉瑪東先生一樣，是省議會的議員，代表本省的奧爾良黨。他娶南特市（Nantes）一個小船東的女兒為妻這段故事始終是個謎，但是伯爵夫人氣度大方，接待賓客比誰都妥貼，甚至傳說路易菲利浦的一個兒子還曾愛慕過她，因此所有貴族都歡迎接納了她，他們家的沙龍是本地最知名的，唯一保存著老式殷勤排場的地方，要想被邀請可非易事。

德培米家的財產都是不動產，據說每年收入可達五十萬里弗爾（livre）[3]。

這六個人是車廂內的主要乘客，都是屬於社會上的有錢階級，穩定且有力，有權有勢，是有宗教信仰且遵守道德原則的人。

因為不知所以的偶然，車裡的女乘客都坐在同一邊；伯爵夫人旁邊是兩個修女，正撥動著一長串念珠邊念著《天主經》和《聖母經》。其中一個年紀大，臉上坑坑疤疤滿是麻子，好像被機關槍轟過一樣。另一個瘦瘦弱弱，一張漂亮但病態的臉，胸部像患了肺結核，被這充滿殉道和神召的虔誠信仰吞噬腐蝕。

這兩位修女的對面，另外的一男一女吸引全體的視線。

那個男的很出名，名叫科努鐵，是個「民主人士」，是所有體面人士都厭惡的人物。二十年來，他在民主派各地集會的咖啡館裡，把他一把紅色大鬍子浸在大杯啤酒裡。他父親本是個糖果廠商人，留下一筆還算豐厚的財產，卻被他和兄弟朋友們吃喝用盡，所以只能焦躁地等待共和政體來臨，好讓他為革命吃喝花費的銀兩換來該有的地位。九月四日，或許是上了一個惡作劇的當，他以為自己被任命為省長，但是當他想上任的時候，那些久無主子早已占據一方的省長廳公務員卻絕承認他，他只好打退堂鼓。整體來說，他是個正直善良的人，不存害人之心而且樂於效勞，比誰都熱心地布置防禦行動。他讓人在平原上挖了好些洞、把附近森林的小樹都砍倒、在所有道路上佈署了陷阱，在敵人迫近的時候，很滿意自己的佈署措施，就趕忙縮回市區裡來了。他現在認為自己去哈佛港會更有建樹，必須到那裡開始新的防禦工事。

那個女的呢，是人們稱為妓女的女人，以年紀雖輕卻已身材豐滿圓滾出名，因

3 譯註：里弗爾是貨幣計量單位，並不實際流通。一里弗爾相當於一磅白銀。

此得了個暱稱，叫「脂肪球」。她身材矮小，全身上下圓滾滾，到處都是油，手指頭肥肥胖胖，指節處都箍出了一圈肥肉，就像一節節短香腸，皮膚油光緊繃，豐滿的胸脯在衣服下鼓脹，但是她的鮮潤相當討人喜歡，一向誘人，恩客很多。她的臉就像顆紅蘋果，像朵正要綻放的牡丹花苞，花苞裡開出來的是兩顆美麗的黑眼珠，覆著濃密的長睫毛，在黑溜溜的眼眸裡投下一圈暗影；下面是一張誘人的嘴，小巧溫潤，令人想親吻，嘴裡一排晶瑩的小牙齒。

此外，據說她還具備許多非常珍貴的優點。

一旦認出她來，那幾位正當人家的高尚仕女立刻低聲嘰嘰咕咕起來，「妓女」、「大眾之恥」這類字眼被如此響亮地「竊竊私語」，引得她抬起頭來。她大膽而挑釁的眼光巡了一圈同車旅客，一陣沉寂，大家都眼睛低垂，只除了盧瓦索先生，饒有興致地盯著她。

但是很快地，三位貴婦又開始談天，有這個歡場女子在場，讓她們突然成了同一國的朋友，幾乎成了親密朋友。她們覺得應該同仇敵愾，以良家婦女的姿態對抗那個忝不知恥的賣身女；因為法定的愛情素來比自由的愛情高上一級。

三位男士也一樣，面對科努鐵，保守派的本能讓他們更加接近，以蔑視窮人的姿態談論著錢。宇貝伯爵說到普魯士人讓他遭受的損失，牲畜被偷糧食收成泡湯，帶著千億大富翁老爺深知這些損失頂多虧損一年收入的放心口吻。加瑞－拉瑪東先生的棉紡廠受到很大衝擊，他防範未然早已匯了六十萬法郎到英國，積穀防饑以備不時之需。至於盧瓦索，打通了軍需處關節，把他所有劣質葡萄酒的儲量都賣給軍隊，乃至於政府欠了他一大筆錢，他打算到哈佛港領取這筆錢。

這三個男人以友誼的目光快速互望了一眼。儘管各自的情況不同，但金錢讓他們感覺親近，手放進口袋就會掏得金幣叮噹響的有錢人，就像一個共濟會的成員。

車子走得很慢，到了早上十點鐘只走了四里路[4]，遇到上坡時男士們還下車三次用走的。大家開始擔心，本來預計在多特（Tôtes）吃午餐，現在看來連晚上都到不了那裡。正當大家張望路旁有沒有小酒店的時候，馬車陷進積雪裡，花了兩個鐘

4 譯註：法國一古里（lieue）約合四公里。

頭才拉出來。

食慾漸增，讓大家心神不寧，放眼望去，沒有任何一家小飯館，也沒有任何酒舖子，隨著普魯士軍隊迫近、以及飢餓的法國軍隊經過之後，商家早就嚇跑了。男士們跑到大道邊的農莊裡找食物，但是連麵包都沒找到，那些疑神疑鬼的農戶生怕士兵來搜刮，早就把食物藏起來了，什麼都沒得吃的士兵要是看到食物就放手搶了。

將近午時一點，盧瓦索宣稱他胃裡空得難受，大家和他一樣，已經難受很久了；想吃東西的強烈慾望不斷增強，他們連談話都停止了。

不時有人打呵欠了，立即有另一個人跟著打；然後每個人輪流打呵欠，視各人性格、禮儀、社會地位而定，有的大聲地張大嘴巴，有的小小聲隨即拿手捂住冒出熱氣的大窟窿。

脂肪球好幾次彎下身，好像要在裙子下拿什麼東西，她遲疑一下，看了看同車旅客，又乖乖挺直身子。每個人的臉都蒼白緊皺。盧瓦索肯定地說，他願意為一隻豬肘子付一千法郎，他妻子做了個手勢像是抗議似的，立即又安靜不動，她只要聽到亂花錢就受不了，甚至沒聽出他是在開玩笑。「我覺得難受，」伯爵說：「我怎麼沒想到帶些吃的東西呢？」每個人也都同樣埋怨自己。

科努鐵帶了個水壺，裝著滿滿的蘭姆酒；他邀請大家喝，大家都冷冷地拒絕，只有盧瓦索接受喝了幾滴，把水壺遞回去時，謝道：「這還是挺管用的，暖身子，還可讓肚子比較不感覺餓。」酒精讓他心情好轉，建議大家照著小船歌謠中唱的，把最胖的那個旅客分食掉[5]。這個暗指脂肪球的意象讓教養良好的乘客覺得刺耳，沒有人接話，只有科努鐵微微一笑。兩位修女已不再誦經，雙手攏在寬大的袖口裡，一動也不動，低垂著眼睛，無疑正在把上天降的痛苦回報給上天。

到了三點鐘，車子行駛在一片漫無邊際的平原中央，放眼望去沒有一個村莊，脂肪球下定決心彎下腰，從長凳子底下拿出一個蓋著白巾布的大提籃。

她先從提籃裡拿出一個陶瓷小碟，一只銀製薄杯，然後是一個大瓦缽，裡面放

5 譯註：這是一首法國通俗歌謠《小船》(Il était un petit navire)，歌詞中說一艘小船橫渡地中海，航行了五六個星期後，食物告罄，旅客抽籤決定誰要被其他人吃掉。

著整整兩隻雞，切成塊狀，浸在雞凍裡；提籃裡還包著好多好東西，肉泥醬、水果、甜食，簡直像準備旅行三天都不必在小客店吃飯的食糧。一包包食物之間，還伸出四支酒瓶。她拿了一隻雞翅，斯斯文文吃起來，配著諾曼第當地人稱為「攝政王」的小麵包。

所有的眼光都朝她射過來，香味漸漸散開，使得大家鼻孔擴張，分泌出大量口水，整個腮骨從耳下發出一陣痛的緊縮。幾位貴太太對這個「姑娘」的輕蔑更為猛烈，像要殺死她，或是把她和銀杯、提籃、裡面裝的食物一股腦丟到車底下的雪地裡似的。

盧瓦索眼睛牢牢盯著裝著雞的瓦鉢，他說：「這位夫人考慮周到，素來就是有人心思比較細密啊。」她抬起頭看著他：「您想來一點嗎，先生？早上到現在都沒吃，也夠受的了。」他欠欠身：「哎呀，老實說，我難以拒絕，我餓得受不了了。戰爭時期，非常作法，夫人您說是不是呢？」他眼光在車內掃了一圈，接著說：「在這種時候，有些人的盛情難卻真是讓人欣喜。」他身上帶了一張報紙，拿出來鋪著，免得弄髒長褲，掏出口袋裡從不離身的小刀，切下一隻裹滿晶瑩肉汁凍的雞腿，牙齒咬開，心滿意足地咀嚼，如此開懷，引起車子裡一陣傷心的長嘆。

脂肪球謙卑低語邀請兩位修女分享她準備的簡餐，她們倆立刻接受，眼都沒抬，含糊幾聲道謝之後，飛快吃了起來。科努鐵也沒有拒絕身旁旅伴的邀請，幾個人在膝頭展開報紙，鋪成了一張桌子。

嘴巴不停張張闔闔，嚥著、咀嚼著、如狼似虎地吞食。盧瓦索坐在一角吃得痛快，低聲苦勸妻子也跟他一樣做。她抗拒了好一陣子，肚裡翻腸倒胃餓得受不了，終於妥協。這時，她丈夫用婉轉的語氣，請問他們「親愛的旅伴」是否允許他拿一小塊給盧瓦索夫人。她回答「當然可以，先生」，帶著和氣的微笑把瓦缽遞給他。

第一瓶波爾多酒打開的時候，尷尬的情形發生了：只有一只杯子。只好喝了之後，擦擦杯緣再傳給下個人。只有科努鐵想必是因為殷勤禮貌的關係，把嘴湊上鄰座脂肪球留下嘴唇濕潤印子的地方。

身旁的人開懷吃著，陣陣香味撲鼻，德培米伯爵夫婦和加瑞—拉瑪東夫婦承受著坦塔爾[6]的煎熬。突然間，棉織廠主年輕的妻子發出一聲嘆息，引得大家轉頭看，她的臉猶如外面的雪一樣蒼白，眼睛閉了起來，頭往下垂，昏了過去。她先生嚇慌了，向大家求助。大家都慌了手腳，這時年紀大的修女扶起病人的頭，把脂肪球的酒杯塞到她嘴唇間，讓她吞了幾滴葡萄酒。那美麗的貴婦人動了一下，張開眼睛，微微一笑，以垂死的聲音說她現在覺得好多了；不過，為怕她再次昏厥，修女又強迫她喝了滿滿一杯波爾多，加上一句：「純粹是因為餓，沒別的原因。」

如此一來，脂肪球滿臉脹紅窘困不堪，看著四位空著肚子的旅客吞吞吐吐地說：「老天，若我敢邀這些先生女士一起分享就好了……」她深怕冒犯，閉上嘴不再說。盧瓦索發言了：「哦，真是的，像這種情況，所有人都是弟兄，應該互相幫助。女士們，不必虛禮，接受吧，管他的！誰知道我們是否能找到一間屋子過夜呢？按照這速度，明天中午以前都到不了多特。」他們還猶豫著，沒人敢負起責任說一聲「好吧」。不過伯爵解決了問題，他轉身面對那個惶恐不安的胖姑娘，擺出他紳士的派頭對她說：「我們心存感謝地接受，夫人。」

第一步總是比較困難，一旦跨越鴻溝，之後就水到渠成。提籃的東西都掏出來，還有一塊鵝肝糜、一塊肥雀肉泥、一塊燻牛舌、一些卡山梨（Crassane）、一大塊麵包、一些小鹹點心和一大盅酸黃瓜和醋醃洋蔥頭：脂肪球和所有婦女一樣，最喜歡生的蔬菜。

大家吃著這個姑娘的東西，總不能不和她說話，所以大家開始聊天，剛開始態度保留，隨後看她應對有禮，話匣子就打開了。德培米夫人和加瑞-拉瑪東夫人深知與人交往之道，擺出一付可人而溫柔的態度；尤其伯爵夫人，顯出俯就屈尊的樣子，那種非常高貴的貴族仕女不可能被任何接觸汙染的和藹可親。但是強悍的盧瓦索夫人像憲兵一樣，依舊一絲不苟，話說得少，東西倒吃得多。

大家自然談論到戰事，說起普魯士軍隊駭人的行徑、法國士兵的英勇事蹟，他們這些逃難的男女對其他堅守崗位的人都表示敬意。接下來大家開始談個人的經歷，脂肪球帶著真切的憤怒，以姑娘們生氣起來時的熱烈字眼表達她的激動，敘述她何以離開盧昂：「剛開始我以為能待下去，我家裡儲著滿滿的糧食，寧願收留幾個士兵，也不想逃到不知何處去。但當我看到那些普魯士士兵，實在忍不下去！他

6 譯註：坦塔爾(Tantale)，希臘神話中的宙斯之子，因洩漏天機被罰永世站在上有果樹的水中，水深及下巴，口渴想喝水時水即減退，腹飢想吃果子時樹枝即升高。

們讓我滿腔怒火；我慚愧地哭了一整天。啊！若我是個男人，一定衝上去！我從窗戶看下去，那些戴著尖頂鋼盔的肥豬，女僕得抓著我雙手，才攔住我把家具扔到他們頭上。之後有幾個士兵住到我家裡來，第一個來就被我撲上去掐著脖子，掐死他們倒也不比掐死其他人來得難！倘若不是我被抓著頭髮拉開，那傢伙早被我掐死了。事後，我不得不躲起來。然後有這個機會，我就跑了，所以現在才在這裡。」

大家大力稱讚了她一番，在沒那麼勇敢的同車旅客之間，她的地位大大提高；科努鐵聽著她的敘述，保持著信徒般的讚許和仁慈的微笑，如同教士聽到有人讚美上帝，因為蓄著長鬍子的民主朋友壟斷愛國情操，正如同穿長袍的教士壟斷宗教。輪到他說話了，他以從每天貼在牆上的大字報宣言上學來的誇張口氣，夸夸談著空泛的大話，最後以一席滔滔雄辯為結論，嚴詞指責那個「流氓巴丹蓋」[7]。

脂肪球聽到這裡，立刻動怒了，因為她擁護拿破崙派。她的臉脹紅得像紅櫻桃，氣憤地結巴起來：「我倒真想看看你們這些人若是他的話會怎麼做，肯定是無可挑剔的，是吧！就是你們背叛了他！倘若被你們這些下流胚掌權的話，人們唯一一條路就是離開法國了！」科努鐵面不改色，保持著高高在上的輕蔑微笑，但是大家感受到他髒話快要衝出口了，此時伯爵插手，宣稱一切真心的見解都是值得敬重的，好不容易才把那怒氣衝天的姑娘安撫下來。伯爵夫人和棉紡廠主夫人素來如同正經人士一樣，對共和國主張抱著沒來由的恨意，面對那個耀武揚威而且專橫獨裁的政體，所有婦女所滋生出的本能溫柔心態，使她們不由自主傾向於那個懷著高貴情操的妓女，她的感受與她們如此貼近。

提籃空了，十張嘴不費力一下子就把東西吃光了，一邊惋惜籃子沒有更大一點。談話又繼續了一會兒，但食物吃完之後多少冷清了一些。

夜色降了，黑暗愈來愈深沉，消化食物時讓人更感覺寒冷，脂肪球雖一身肥肉，依然冷得發抖，德培米夫人把小暖爐借給她，裡頭的碳從早上到現在已換過好幾次，脂肪球腳已凍僵，立刻接受了。加瑞-拉瑪東夫人和盧瓦索夫人則把自己的小火爐借給兩位修女。

7 譯註：「流氓巴丹蓋」是拿破崙三世的蔑稱，因為他在一八四六年逃脫監獄時，曾換上一個名叫巴丹蓋的木匠的衣服掩人耳目而潛逃。

馬車伕點亮了燈籠，火光照亮了榬木兩邊的馬匹臀部的汗氣蒸騰，就像升起一朵雲，道路兩旁的雪似乎在移動的火光中伸展開來。

車廂裡什麼也分辨不出了，但突然間，介於脂肪球和科努鐵之間起了一股騷動，盧瓦索的眼睛在黑暗中窺探，似乎看見那個大鬍子男人突然跳躍開來，好像受到無聲而沉重的一擊。

前方出現一點一點的星火，多特鎮到了。他們走了十一個鐘頭，加上路上牲口分四次喘口氣吃點草料花了兩個鐘頭，一共就是十三個鐘頭。馬車進到小鎮，停在「通商旅館」的門口。

車門打開了！一陣熟悉的聲音讓所有乘客心驚肉跳：那是劍鞘拖在地面的聲音。一個德國人的聲音立即響起，嚷了幾句話。

馬車雖然停了，沒有人下車，好像一下車就會被屠殺似的。馬車伕挑著一只燈籠出現了，頓時照亮整個車廂內部，和兩排嚇呆了的乘客，驚慌恐懼地張著嘴巴瞪著眼睛。

馬車伕旁邊，燈光之下站著一位德國軍官，是個瘦得不得了的高大金髮年輕人，穿著緊緊的軍服，像小姑娘束著馬甲，擦得油亮的扁平鋼盔斜戴在頭上，看起來像英國旅館裡穿制服的服務員。兩撇極長的筆直鬍鬚朝兩邊無止境地變細收束，到最後剩下一根細細的金毛，細得看不到底，好像壓著兩邊嘴角，扯著臉頰，在嘴邊印出一道下墜的紋路。

他操著亞爾薩斯地區口音的法語請旅客們下車，用生硬的語氣說：「清下車，先生女師們。」

兩位修女向來習慣一切服從，率先下車。伯爵先生夫人接著下車，跟在後面的是棉紡廠長和夫人，之後是盧瓦索推著另一半也走下車來。盧瓦索腳一下地，就以謹慎甚於禮貌的態度向軍官說：「先生您好。」對方帶著權力在握的放肆盯著他，沒有回答。

脂肪球和科努鐵雖然坐在靠門邊，卻最後才下車，面對敵人軍官時顯得嚴肅倨傲。胖姑娘極力克制，讓自己看起來鎮定。民主人士用略為發抖的悲劇性的手扭著紅色的長鬍子。他們倆都知道在這種面對面的情況，兩方都多多少少代表著自己的國家，所以要維持著尊嚴；他們對同車旅伴們的軟弱身段覺得氣憤反感，所以她盡力讓自己比那些體面的同車女伴顯得更傲氣，而他呢，覺得自己應當以身作則，全力延續他那以破壞道路開始的反抗使命。

大家都進到旅館寬大的廚房裡，德國軍官看了他們出示由總司令簽署的通行證，上面記載每一個旅客的姓名、備註、職業，他比照記載仔細地檢查每個人。之後他突然說：「科以了。」然後離開。

大家都鬆了一口氣。肚子還餓著，就叫了消夜。準備餐點需要半個鐘頭，兩個女僕忙著準備時，他們先去看房間。房間都在一條長長的走廊上，走廊盡頭是一個玻璃門，標示男女衛浴。

終於開飯了，大家坐上餐桌，旅館的老闆親自走出來。他本是個馬販子，是個患氣喘的胖子，喉腔中總是尖嘯呼嚕作響，帶著痰聲。父親傳給他的姓氏是福朗蜜。

他問道：「哪一位是伊莉莎白・胡榭小姐？」

脂肪球打了個哆嗦，轉過身說：

「是我。」

「小姐，德國軍官要立刻和您說話。」

「和我？」

「是的，如果您是伊莉莎白・胡樹小姐的話。」

她摸不著頭腦，考慮了一秒鐘，立刻決斷地說：

「這有可能，但我不去。」

她身邊一陣騷動，大家七嘴八舌討論這道命令的原因。伯爵走到她身旁說：

「您錯了，夫人，因為您的拒絕可能引起重大的困難，不僅對您自己，甚至對您同行的旅伴。絕對不要和比自己強的人作對。這個命令必然不會對您造成任何危險，無疑只是漏了什麼手續而已。」

大家紛紛贊同伯爵的話，因為大家都擔心任何冒失的行動會導致種種麻煩，眾人央求她、催促她、勸告她，最後終於說動了；她說：

「我這麼做是為了你們，當然！」

伯爵夫人握住她的手：

「我們很感激。」

她走了出去，大家等著她回來進餐。每個人都懊惱被傳喚的是這個脾氣暴躁的姑娘，並且在心理準備好一番冠冕堂皇的說詞，以便輪到自己被傳喚時用得上。

十分鐘之後，她回來了，喘息不已，脹紅著臉呼吸困難，氣憤難耐，口齒不清地說：「喔下流無恥！下流無恥！」

所有人都急著想知道原委，但她什麼也不說；伯爵再三詢問，她才莊重地回答：「這和你們無關，我不能說。」

然後大家圍著一個冒出白菜香味的大湯鍋坐下。雖然這個插曲令他們提心吊膽，但這一餐吃得很愉快。蘋果酒滋味不壞，盧瓦索夫婦和兩位修女為了省錢選喝蘋果酒，其他人叫了葡萄酒，科努鐵則是喝啤酒。他開酒瓶的方式很特別，會讓啤酒冒出很多泡沫，然後把酒杯斜著，湊到燈下欣賞酒的顏色。喝的時候，那一大把鬍子沾上心愛飲料的顏色，似乎溫柔地顫抖；他斜著眼光緊緊盯著杯子，彷彿這是他此生最大的職責。他似乎把生命中兩大熱情——啤酒和革命——合而為一水乳交融，因此當他品嘗啤酒時無法不思考到革命。

福朗蜜夫婦坐在桌子另一頭吃晚餐。福朗蜜先生喘得像個壞掉的火車頭，胸腔裡進進出出喘氣，所以吃飯時沒辦法說話；他太太卻是聒噪個不停，敘述普魯士軍人來到時給她的各種印象，他們做的事、說的話，她厭惡憎恨他們，一來是他們住在這裡讓她花錢，二來她的兩個兒子都在軍隊裡。她特別把伯爵夫人當作談話對象，因為能和這種地位的仕女談天覺得沾沾自喜。

隨後，她壓低聲音說起一些比較敏感的話題，丈夫不時打斷她：「妳別開口比較好，福朗蜜夫人。」但她聽都不聽，繼續說：

「是啊，夫人，那些傢伙光吃馬鈴薯和豬肉，然後吃豬肉和馬鈴薯。千萬別以為他們是乾淨的。喔絕對不是！──真不該在您面前說這個，但他們可真下流得很。若您看到他們每天好幾個鐘頭操練，──就在那邊田地裡往前進、往後退、轉向這邊、轉向那邊。──有這閒工夫不如去種地，或者在他們自己國家裡修路都好！──但是沒有，夫人，這些軍人對誰都沒有益處。我們這些可憐的老百姓養活他們，只是為了讓他們學著去屠殺嗎？──我只是一個沒受過教育的老婦人，這沒錯，但是我看到他們費盡力氣從早到晚在那裡踏過來踏過去，不禁想：──有那麼多人發明那麼多東西，做出貢獻，卻又有那麼多人花盡心力來損傷別人。說真的，殺人可不是件令人憎惡的事嗎？不論是普魯士人、英國人、波蘭人、或是法國人？

——你若是想報復一個曾經對不起你的人，是錯的，會被判刑；但是我們的孩子像野禽一樣被槍射死，卻又是好的，因為殺最多的人還會得到獎章，這又是為什麼？

——不，您看看，我永遠弄不懂為什麼！」

科努鐵提高嗓門說：

「攻擊一個平和的鄰國，那這戰爭是個野蠻行為；捍衛自己的國家，則是一個神聖的義務。」

老婦人低下頭說：

「是的，捍衛自己，那是另一回事；但不是更該把戰爭當有趣的所有那些國王先殺光嗎？」

科努鐵的眼睛一亮，炯炯如火：

「好極了，女公民。」他說。

加瑞-拉瑪東先生陷入深沉的思索，雖然諸多有名的將官令他著迷，但這個農婦合情合理的話讓他思考到：這麼多閒置的人手本該帶給國家多大的富足，現在這些人力廢置不用，國家也毀滅敗破，倘若是用在大規模工業工程上，可抵上好幾個世紀都用不完呢。

盧瓦索吃完飯，離開座位到旅店老闆旁邊低聲聊天。胖老闆笑著、咳著、吐著痰，聽著對方的笑話，大肚子笑得一起一伏，之後他向他買進六大酒桶波爾多葡萄酒，來春等普魯士軍隊走了之後就進貨。

消夜才剛吃完，大家都已累得不成樣，各自回房休息。

然而，盧瓦索早已看到了許多蛛絲馬跡，他讓妻子先上床，自己一會耳朵貼著門聽，一會兒眼睛湊著鑰匙孔看，試著發現他所謂的「走廊上的秘密」。

過了差不多一個鐘頭，他聽見一陣窸窸窣窣的聲音，趕忙去看，看見脂肪球披著一件繡著白色蕾絲的藍色喀什米爾羊毛睡袍，看起來更豐滿肥胖，她舉著燭台，向走廊盡頭寫著大大號碼的衛浴間走去。此時旁邊一扇門打開，當她幾分鐘之後走回來時，脫了上衣露出褲吊帶的科努鐵跟在後面，他們先是低聲說話，後來就不說了。脂肪球似乎奮力嚴守房門，不幸盧瓦索聽不到他們說什麼，但是到最後，他們提高聲音，他才偷聽到了幾句，科努鐵糾纏不放，激烈說：

「哎呀，您傻什麼呢，這對於您算得了什麼？」

她一臉憤慨，回答說：

「不，朋友，這些事情在有些時候是不能做的；更何況，在這裡，那簡直是可恥。」

他完全不懂，問為什麼。她怒氣突發，更提高了音調：

「為什麼？您不知道為什麼？一堆普魯士人就在這屋子裡，或許就在隔壁房間裡，您或許還不懂為什麼？」

他不說話了。這個婊子不肯在敵人身邊賣身，這種民族的廉恥心喚醒了他搖搖欲墜的尊嚴，所以僅只撩撥了她一會兒，就躡手躡腳回自己房間了。

盧瓦索渾身慾火被撩撥起來，離開鑰匙孔，在房間裡回身蹦跳，戴上棉布睡帽，揭開妻子又老又硬的身軀上蓋的被單，吻著吵醒了她，低聲說：「妳愛我嗎，親愛的？」

整個房子上上下下一片寂靜。但是不多久之後，不知從哪裡，不確定是哪個方向——或許是地窖，或許是閣樓——傳來一陣響亮、單調、規律的鼾聲，一陣低沉拖長的噪音，搭配著鍋爐受壓的震動。福朗蜜先生睡著了。

大家本來決定次日八點鐘啟程上路，所有人都準時出現在廚房裡，但是頂棚已積滿雪的馬車呢，孤零零停在天井中央，既沒馬也沒車伕。大家在馬房、馬廄、倉庫裡遍尋馬伕，都沒看到蹤影，因此所有男士決定走出旅店，四處尋找。他們走到鎮上廣場，廣場盡頭是教堂，兩旁則是一些低矮房子人家，可看到好多普魯士兵寄住在裡面。他們看到的第一個士兵正在削馬鈴薯，再遠幾家第二個正在刷洗理髮舖店面，另外一個滿臉大鬍子，抱著一個哭鬧的娃娃，放在膝蓋上搖晃著哄他；好些丈夫被徵召進「作戰部隊」的胖農婦，比手畫腳指點那些順從的戰勝者幹他們該幹的活：劈柴、把肉湯澆到麵包上、磨咖啡豆；有一個甚至幫寄宿家的殘廢年老女主人洗衣服。

伯爵對所見之事感到詫異，就詢問一位剛好從教堂住所走出來的教堂執事。那個靠教堂吃飯的耗子回答說：「噢！他們並不兇惡，據說不是普魯士人，而是來自更遠的地方，我也不知道到底是哪裡；他們把妻兒留在家鄉，戰爭對他們來說也不是好玩的事，是啊！我相信他們家鄉也正為著這些人哭泣，如同我們這裡一樣，戰爭也在他們國家造成貧困。目前，我們還不算特別困苦，那是因為他們沒做什麼惡行，而是像在自己家裡一樣幹活。如同您所見，先生，窮困的小老百姓必須互相幫助……發動戰爭的都是大人物。」

這種戰勝者和戰敗者之間友好的共存，令科努鐵非常憤慨，他轉身離開，寧可關在旅店裡。盧瓦索開玩笑說：「他們讓鎮上人又多了起來。」加瑞-拉瑪東先生說了一句嚴肅的話：「他們是在補救。」馬車伕還是一直不見人影，最後終於在鎮上的咖啡館找到了，他正和普魯士軍官的勤務兵像弟兄一般一起坐著。伯爵問他：

「我們不是吩咐您套好車，八點鐘啟程嗎？」

「是啊，但是後來我又接到了另一個命令。」

「什麼命令？」

「叫我不要套車。」

「誰的命令？」

「我的天啊！普魯士營長。」

「為什麼？」

「我哪知道，您自己去問他。命令我不要套車，我就不套，就是這樣。」

「是他親自跟您說的嗎？」

「不是，先生，是旅店老闆轉達他的命令。」

「什麼時候？」

「昨天晚上我正要上床睡覺的時候。」

這三位男士憂心忡忡地回旅店。

他們去問福朗蜜先生，但女僕回答說老闆因為氣喘，十點鐘以前不會起床。而且除了失火，嚴格禁止十點鐘以前叫醒他。

他們想去見軍官，雖然他也住在同一家旅店裡，但這是絕對不可能的。除了軍事之外的事宜，只有福朗蜜先生一個人可以和他說話。大家只好等著。女士們又上樓回到房間裡，忙一些瑣碎雜事。

科努鐵坐在廚房燒著熱熱爐火的大壁爐前，他讓人搬來咖啡座那裡的一張小桌子和一罐啤酒，抽著菸斗。在民主人士朋友圈裡，他的菸斗幾乎享有和他本人一般的尊敬，好像因為它為科努鐵服務，就是為國家服務。那是一隻漂亮的海泡石菸斗，結滿菸垢，和它主人的牙齒一般黑，但是它熏著菸香、造型彎曲、晶晶亮亮，與他的手親密相連，加上它才構成整個形貌整體。他一動也不動，眼睛有時盯著壁爐火，有時盯著啤酒杯上的泡沫；每喝一口，就一臉滿足，邊舔著沾在鬍鬚上的泡沫，邊用瘦長的手指爬梳油膩的長頭髮。

盧瓦索藉口說出去伸伸腿，走遍四下小酒商去推銷酒。伯爵和棉紡廠主開始談論政治，他們預測法國的前途，一個相信奧爾良黨，另一個相信當所有人都絕望時將會出現一個不知名的救國英雄，或許一個相信的是傑斯藍[8]，另一個則是聖女貞德？或另一個拿破崙一世？啊，若皇子[9]年紀不是那麼小該多好！科努鐵聽著他們的談話，露出洞察世事的微笑。他的菸斗熏香了整個廚房。

時鐘敲響十點，福朗蜜先生現身了。大家趕緊上前問他，但是他只一字不改地重複兩三次：「軍官對我說：『福朗蜜先生，禁止那些旅客的馬車明天套車，沒有我的命令不能動身，您聽見了嗎，那就可以走了。』」

既然如此，眾人想見軍官。伯爵派人送去名片，加瑞-拉瑪東先生更在上面加上自己名字和所有頭銜。普魯士軍官回說，等他吃過午飯，也就是大約一點鐘的時候，允許這兩位先生前來談話。

女士們都下樓了，大家儘管心裡擔憂，多少還是吃了點東西。脂肪球像是病了，異常驚惶。

當大家飯後喝著咖啡時，軍官的勤務兵前來找那兩位先生。

盧瓦索也跟著去了，他們想拉科努鐵一起，好增壯聲勢，但他傲然宣稱自己絕不跟德國人打交道，然後又叫了一罐啤酒，坐回壁爐前。

三位男士走上樓，被引到旅館最好的一間房間，軍官在房間裡接見他們，半躺在一張扶手椅上，兩腳高高翹在壁爐上，吸著一根瓷製長煙管，身上裹著一件大紅色的睡袍——無疑是從某個棄家而逃的品味庸俗的有錢人家裡搜刮來的。他沒站起身，沒打招呼，看也沒看他們，完全顯現戰勝軍人那種自然流露的粗魯無禮形象。

過了一會兒，他終於問：

8 譯註：傑斯藍（Guesclin），十四世紀法國布列塔尼地區的貴族將領，驍勇善戰，統帥軍隊歷經大小征戰，無敵不克。

9 譯註：一八七〇年時，拿破崙三世的兒子才十四歲，而且死於一八七九年，也就是莫泊桑寫《脂肪球》的那一年。

「你悶想咬什麼？」

伯爵回答：「我們想要動身。」

「不行。」

「可否問您原因何如？」

「因為窩不要。」

「恭敬地請求您，先生，遵照您的總司令簽發的通行證，允許我們出發前往迪耶普，我認為我們並沒有做出任何事，足以引起您如此嚴厲的做法。」

「窩不要……糾這樣……你悶可以下去了。」

三位男士鞠了躬，退出房間。

整個下午很淒慘，大家都搞不懂那個德國人的心思，每個人腦裡編造著匪夷所思的念頭。全體都坐在廚房裡，不停討論，想像一些最不可能的事。或許是要扣留他們當人質？——不過目的何在？——或是要把他們關進大牢？或是，想要脅大筆贖金？想到這裡，他們驚慌恐懼。最有錢的人是最害怕的人，似乎已經看見自己為了保命而把一袋袋金幣傾倒到那個放肆無禮的軍人手裡。他們絞盡腦汁想著一些合乎情理的謊言，以便隱藏他們的財力，把自己裝成窮人，一窮二白。盧瓦索摘掉金錶鍊，藏在口袋裡。夜色降臨，更增加了他們的擔憂。燈點上了，離晚餐還有兩個鐘頭，盧瓦索夫人提議玩一局「三十一點」，這樣可以紓解情緒，大家都同意。科努鐵禮貌地先熄了菸斗，加入牌局。

伯爵發牌，一發完脂肪球就拿了個三十一點；玩著玩著，牌局的趣味很快就壓低了所有人心中縈繞的恐懼。不過科努鐵發現盧瓦索夫婦串通作弊。

正要上桌吃飯時，福朗蜜先生又出現了，用帶著痰響的嗓音高聲說道：「普魯士軍官問伊莉莎白・胡樹小姐是否尚未改變心意。」

脂肪球站著不動，一臉蒼白，之後突然脹紅，氣急攻心，竟一時說不出話來，之後終於爆發：「您告訴那個下流胚、那個無恥之徒、那個普魯士髒鬼，我永遠都不會答應；您聽清楚，永遠、永遠、永遠不。」

旅店胖老闆走出去。脂肪球被大家圍住、詢問、央求，說出軍官召她會面時說的秘密。她先是抵抗不從，但是怒氣很快讓她激動起來，大喊：「他要什麼？……他要什麼？……他要跟我睡覺！」大家憤慨不已，竟也沒人覺得這個字眼刺耳。科努鐵猛地一下把酒杯朝桌上一放，竟然打破了。一陣公憤斥責那卑劣的無恥之徒，一陣怒潮、一股為了抵抗的團結一心，彷彿每個人都承擔了她被要求這個犧牲的一部分。伯爵用厭惡的口吻宣稱那些人簡直像古代的野蠻人一樣。女士們尤其感同身受，積極對脂肪球表現出體恤和愛憐。只在吃飯時才現身的兩位修女，則低著頭一言不發。

第一波的狂怒平息之後，大家還是坐下吃飯，但不大交談，每個人都心事重重。

女士們早早回房；男士們抽著菸，湊著玩一局牌，並邀福朗蜜先生加入，想巧妙地從他那兒套出打通軍官的方法。但是他只注意手上的牌，什麼都不聽，什麼也不回答，只不斷重複說：「玩牌，先生們，玩牌。」他專心凝神，連吐痰都忘了，這讓他胸腔不時像樂譜上的延長符號一樣拖著長音。他咻咻響的肺具備氣喘所有的音階，從低沉的啞音到小公雞試著高啼的尖嘯聲，一應俱全。

當他妻子睏得快睡著來找他時，他竟還不肯上樓。她只好自己上樓去，因為她是「上早班的」，天一亮就起床，而她先生是「上晚班的」，可以和朋友整晚玩樂。他對她大吼：「把我的蛋黃甜湯擺在壁爐前面。」又回過頭玩牌。眾人眼見從他嘴裡問不出什麼，也就說該就寢了，各自回房。

次晨，大家都起得相當早，心裡還帶著一絲模糊的希望，想動身的渴望更加迫切，待在這可怕的小破旅店，簡直度日如年。

唉！馬匹還繫在馬廄裡，馬車伕不見蹤影。大家無事可做，只好繞著馬車轉來轉去。

午餐氣氛淒迷，面對脂肪球，似乎興起了一股冷淡，因為大家夜裡思考一陣，想法略為改變了。現在大家幾乎怨恨起她來，怨她沒私下秘密去和普魯士軍官會和，好讓旅伴們一起床就聽到驚喜的好消息。這不是很簡單嗎？而且誰會知道？為了面子問題，她大可跟軍官說只是不忍心看見同伴們傷心悲嘆。和誰睡覺對她來說，哪重要？

不過只是心裡想，誰也沒有開口承認自己的想法。

下午，他們無聊得快死了，伯爵提議到小鎮四周走一走。每個人都細心地穿得暖暖的，這個小團體就出發了。只除了科努鐵，寧願待在爐火旁邊。兩位修女呢，每天都待在教堂或神父住宅裡。

寒氣一天比一天重嚴酷，殘忍地刺著鼻子和耳朵，雙腳愈走愈疼，每踏一步都是痛苦；走到鎮外，鄉間在眼前展開，一整片無垠白色，看起來萬分淒涼，大家立刻轉身往回走，萬念俱灰，心緊縮著。

四位女士走在前面，三位男士略略隔開距離跟在後。

盧瓦索明白情況，突然開口，問那個「婊子」到底要讓他們在這鬼地方待多久。伯爵一向殷勤禮貌，說我們不能要求一個女人做出這麼難忍的犧牲，必須她自願才行。加瑞-拉瑪東先生提醒說，倘若法國軍隊真的按照正在討論的做法，從迪耶普向內陸反攻，德法兩方很可能會在多特交戰。這層考慮讓其他兩人擔憂起來。「要不然我們步行逃走吧。」盧瓦索說。伯爵聳聳肩：「這種風雪，您真想這麼做？還帶著太太？我們會立刻被追捕，不到十分鐘就被抓回來，被當成犯人任由那些士兵擺布。」沒錯；三個人都不說話了。

婦女們談論著服飾打扮，但彼此之間似乎隔著某種隔閡。

突然間，軍官出現在街尾。一片白雪皚皚的地平線上，映出他穿著束腰制服的高大身影，他膝蓋岔開著走，這是軍人特有的走路方式，是怕弄髒他們仔細擦地光亮的馬靴。

走過那幾位女士身旁時，他欠欠身，卻輕蔑地望著那幾個男的，他們呢，保持著尊嚴不脫帽，雖然盧瓦索原本做了想脫帽的手勢。

脂肪球整張臉紅到了耳根，其他三位已婚的婦女覺得和被軍官如此粗俗對待的女人一起遇到他，真是莫大侮辱。

接下來大家談論著他，他的樣子、相貌。加瑞-拉瑪東夫人認識許多軍官，以行家的身分評論，認為這個軍官其實一點都不差；她甚至可惜他不是法國人，否則絕對是個俊俏的騎兵，必定讓所有女人神魂顛倒。

一旦回到旅店，大家不知做什麼好，甚至一點芝麻小事都會引起尖酸的衝突。晚餐一片寂靜，很快吃完，各自上樓就寢，希望以睡眠消磨時間。

次日，大家下樓時臉色疲倦，心如死灰。女士們幾乎連話都不和脂肪球說了。

一陣鐘聲響起，是教堂裡的一場洗禮儀式。脂肪球也有個孩子，寄養在伊夫朵村子的農家，一年也沒見上一次，也從不記掛：但現在想到領洗禮的那個孩子，突然心裡一陣熱切溫柔，想到自己孩子，所以堅持一定要去參加洗禮儀式。

她一離開，大家就彼此互望，把椅子圍攏過來，因為大家都覺得最終必須有個決定才行。盧瓦索有個點子：他主張去建議軍官把脂肪球一個人扣下，放行其餘的人。

福朗蜜先生負著使命去見軍官，但是幾乎立刻又下樓。德國軍官深知人性，把他趕了出來。在他的慾望滿足之前，要扣留下所有人。

這下，盧瓦索夫人下等人的脾氣爆發了：「我們總不能老死在這裡吧。既然是妓女，幹的就是這行業，我認為她沒權利挑三揀四，拒絕這個而接受那個。我問問你們，她既然在盧昂張三李四都接，連趕車的都行呢！是的，夫人，替省長趕車的那個車伕！我很清楚，他都是來我們店裡買酒。今天遇到要替我們解除難關，她倒裝腔作勢起來，這個死丫頭！……我倒是覺得那個軍官挺有分寸，他或許很久沒發洩，他無疑比較垂涎我們三個，但他沒這麼做，委屈於那個人人都能上的女人，他敬重有婦之夫。您想想，他是主子，只需開口說：『我要』，就能讓他和他的士兵們強迫我們就範。」

其他兩位女士打了個寒噤，漂亮的加瑞-拉瑪東夫人眼睛一亮，臉色略微發白，好像已經感受到軍官強迫她就範。

在一旁說話的男士們，現在靠攏過來。狂怒的盧瓦索想把「這個賤貨」的手腳綁起來交給敵人；但是伯爵出身於三代都做過大使的家族，有外交官的長袖善舞，主張要用靈活手腕：「必須幫助她決定」。

他們開始密謀商量。

女士們靠緊了身體，壓低了聲音，大家出主意，每個人都發表了意見。商議進行順利，尤其女士們，為了表達這些淫穢不堪的事，竟找到細緻婉轉的口吻、讓人聽著歡喜的巧妙說詞，而且措詞小心隱晦，不明究裡的人根本聽不懂。上流社會仕女薄薄包住的一層廉恥只蒙著表面，在這種猥褻的討論之中立刻露出本性，心裡開心極了，如魚得水，把愛情肉慾攪在一起，就像個饞嘴的廚師正在替別人準備羹湯。

說到後來，事情似乎變得逗趣，大家心情愉快起來。伯爵說了幾個有點逾矩的腥羶玩笑，但包裝得好，讓大家不禁莞爾。盧瓦索也接著說了幾句粗俗猥褻之詞，大家甚至不覺得冒犯；他妻子粗莽直率的發言代表了大家的心思：「既然這姑娘幹的是這行，憑什麼拒絕這一個卻接受另一個呢？」和藹可親的加瑞－拉瑪東夫人甚至覺得，要是她是脂肪球的話，反而不會拒絕這一個呢。

他們花了很長時間準備策略，好像要包圍一座堡壘要塞似的，每個人都分派了扮演的角色、該講的說詞、該執行的行動。他們制定了進攻計畫、運用的種種詭計、出奇不意的襲擊，務必使這座活生生的堡壘就地接待敵人。

科努鐵卻不加入，和這檔子事完全無關。

大家專注一心，情緒緊繃，沒人聽到脂肪球走進來。伯爵輕輕地「噓」了一聲，大家都抬起了頭，她就在眼前。眾人立刻閉上嘴，某種尷尬使大家不知如何和她說話。伯爵夫人饒是比其他人更善於沙龍裡那種表裡不一、口是心非，問她說：「洗禮儀式有趣嗎？」

那肥胖的姑娘還沉浸在感動中，從頭到尾敘述了一遍，從參加的人、他們的舉止、甚至教堂的樣子，最後加上一句：「有的時候祈禱是很好的。」

直到吃飯之前，幾位女士都對她和藹親近，目的是增加她對她們所做的忠告的信賴感和服從性。

一坐上飯桌，大家開始包抄。首先是一段關於獻身效忠的廣泛談論，大家舉了好多古代的例子：茱蒂絲和赫羅弗尼斯[10]，然後沒來沒由地跳到盧克蕾提亞和塞杜斯[11]，之後提到埃及艷后克麗奧佩脫拉（Cléopâtre），她讓所有敵軍將領上她的床，把他們都變成了忠實的奴隸。天馬行空的歷史在這些無知的百萬富翁的想像裡被編造出來：羅馬的女市民都到了卡布城（Capoue），讓漢尼拔（Annibal）和他的將士和傭兵都在她們懷裡酣睡[12]。他們敘述那些收服戰勝者的女子如何把自己的肉體當作戰場，當作武器，以英雄式的愛撫戰勝那些醜惡的或卑鄙的壞人，為復仇為效忠而犧牲貞潔。

他們甚至隱諱地談到當時那個出身名門的英國女人故意感染了可怕的傳染病，

---

10 譯註：茱蒂絲和赫羅弗尼斯（Judith et Holopherne）：舊約聖經中的《茱蒂絲傳》描述茱蒂絲是個虔誠的猶太遺孀，以美色誘惑以色列人首領赫羅弗尼斯，趁其將醒之際，用刀斬下他的頭顱。

11 譯註：盧克蕾提亞和塞杜斯（Lucrèce et Sextus）：羅馬神話中，盧克蕾提亞是羅馬貴族少女，王子塞杜斯見其美貌，強姦了她。盧克蕾提亞公諸此事，當眾自殺，引起全城震驚，國王賜死親生兒子。

12 譯註：歷史記載，迦太基名將漢尼拔駐軍卡布城，對抗羅馬，但在西元前二一一年戰敗。後人說名將之所以戰敗，是在卡布城太安逸，因此「沉睡在卡布城的溫柔鄉」成了名言。

再去傳染給拿破崙，幸好拿破崙正好身體不適，躲過了死亡約會。

這些都以合宜和節制的方式談論，有時故意安排好興起一陣激昂，想激起脂肪球的好勝心。

說到最後，大家幾乎要相信，女人在人世間扮演的唯一角色，就是永久的個人犧牲，不停委身於暴戾軍人的任意。

兩位修女像是什麼都沒聽到，陷在深沉的冥想之中。脂肪球沒說一句話。

整個下午，大家讓脂肪球去思索。但是，本來大家都以「夫人」稱呼她，誰也不知道為什麼，現在卻稱她「小姐」，就好像大家想把她本來在評價中攀爬到的地位拉下一級似的，讓她明白她該有的可恥地位。

吃晚飯時，福朗蜜先生又出現了，重複他前一天的話：「普魯士軍官問伊莉莎白·胡榭小姐是否尚未改變心意。」

脂肪球乾澀地回答：「沒有，先生。」

不過進晚餐的時候，緊密的結盟似乎有些低潮，盧瓦索為打破僵硬氣氛勉強說了幾句話。每個人絞盡腦汁想找到新的例子，但什麼都沒找到，這時伯爵夫人福至心靈，忽然隱約覺得需要對宗教表現出一份敬意，於是詢問年長的那位修女聖徒們的事蹟。方才得知，其實很多聖徒做的許多事，是我們凡人眼中的罪行，然而只要是為了上帝榮耀、或是為了世人所做的，教會便會寬大地饒恕這些罪惡。這是個強而有力的論點，伯爵夫人準備好好利用。這麼一來，不管是藉由披著宗教長袍的人士最拿手的心照不宣、不說破的默契，或是只湊巧經由聰明的擺佈或一個時機剛好隨口而出的話，老修女可能為他們的陰謀帶來無比強勁的支援。大家一直以為她羞怯，此時她顯出激進、口若懸河、激烈的一面；她完全不為懷疑論調的疑慮所惑，她的信條如鋼鐵一般堅硬，她的信仰從不猶疑，良知從不打折扣。她認為亞伯拉罕的犧牲再自然不過，因為若是她本人接到來自上天的命令，可以立刻殺了自己的父母親；而且，對她來說，只要居心良善，沒有什麼是會讓上帝不悅的。伯爵夫人利用這個天外飛來的盟友的神聖權利，如同讓她為那句格言「為達目的不擇手段」做了個有力的註腳。

她問修女：

「那麼，修女，您認為只要動機純正，上帝會容忍且原諒任何做法嗎？」

「誰還能懷疑這一點呢，夫人？經常，一個應該譴責的行為，卻因由引起這行為的思想而成為值得讚頌的。」

她們倆如此這般談下去，雜七雜八談著上帝的旨意、預料祂的種種決定，把一堆祂勢必不感興趣的事物都牽扯進來。

這一切都巧妙而含蓄地進行，但這戴尖角帽的聖女的每一句話，都讓賣身女憤怒的抵抗加深一道裂痕。之後，談話稍微轉變話題，手持念珠的女人談到她曾裡的那些修院，談到她的院長、她本人，以及她那可人的同伴親愛的聖妮塞芙爾修女。她們應邀到哈佛港的醫院去照顧成百上千染上天花的士兵，她描繪那些悲慘的病患，詳細描述他們的病狀，現在她們被這頑固的普魯士軍官扣留在路上，一大堆本來她們或許可以拯救的法國士兵因此而死！她本人的專門技術就是看護軍人，曾前往克里米亞、義大利、奧地利，一說起戰場經歷，她搖身一變成了那種敲鑼打鼓，好似生來專門為了在戰場槍林彈雨中搶救受傷戰士的修女，一句話就馴服不聽話的士兵，比長官還有威嚴；貨真價實的大笨狗修女，一臉坑疤似乎見證戰爭的侵蝕。

她說完之後就沒人再說話了，餘音繞耳效果好極了。

一吃完飯，大家很快上樓進房間，直到次日早上挺晚才下樓來。

午餐安安靜靜，大家靜待前一天播的種子發芽結果。

伯爵夫人提議下午出去散步；按照計畫，伯爵挽著脂肪球的手臂，兩人走在其他人後面。

他用親切熟悉的語調和她說話，用莊重的紳士對年輕女子略帶點輕蔑的口吻，叫她「我親愛的孩子」，用自己高高在上的社會地位、無可爭議的名望對待低賤的她。他單刀直入切入問題：

「因此您寧可讓我們困在這裡，讓我們和您一起遭遇普魯士軍潰敗之時將做出的種種殘暴，也不同意您在平日生命中如此經常做的妥協？」

脂肪球一個字也不回答。

他柔聲慢慢勸說，告之以理，動之以情。他維持著「伯爵先生」的身段，卻又適時顯現殷勤禮貌、嘴巴甜、甚至親切友好。他大力頌讚她幫的大忙，說到大家的感激，突然，他用平語稱呼「妳」快活地說：「妳知道，親愛的孩子，那個普魯士傢伙將來會誇口說他嚐過一個在他本國不大找得到的美麗姑娘。」

脂肪球沒回答，趕上前和其他人走在一塊兒。

一回到旅店，她就上樓回房再也沒現身。眾人的擔憂已到極限。她會怎麼做？倘若她還是不從，那多糟糕！

晚餐開飯鈴響了，大家等她下來卻沒等到。福朗蜜先生走進來，宣布胡榭小姐身體不適不下樓，可以開飯了。大家豎直了耳朵。伯爵走到老闆身旁，低聲問：「成了嗎？——是的。」他礙於禮貌，什麼都沒和同伴們說，僅對他們點一點頭。立刻，每人胸中吐出一大口寬慰的氣，臉上顯出輕鬆的樣子。盧瓦索大叫：「真的嗎！如果店裡有香檳，我請客！」看到老闆拿來四瓶香檳，盧瓦索夫人心裡一陣焦慮。每個人突然話多起來，聲音洪亮，一股輕佻的愉悅充斥每個人的心。伯爵似乎發覺加瑞-拉瑪東夫人嬌媚可人，棉紡廠廠長稱讚伯爵夫人。談話活潑愉快，充滿活力與興致。

突然，盧瓦索一臉擔憂，高舉雙臂大聲吼：「安靜！」大家吃驚地閉上嘴，幾乎恐慌起來。他伸長耳朵，一邊用雙手做「噓」的手勢，抬起眼睛看著天花板，又凝神傾聽，繼之以他自然的聲音說：「各位放心，一切順利。」

大家一時沒會意過來，但很快就露出一陣微笑。

一刻鐘之後，他又開一次這玩笑，整個晚上做了好幾次；他又假裝問著樓上，從他四處遊走推銷的商販腦袋裡想出許多語帶雙關的勸告告訴樓上的人。且不時一臉悲傷，嘆息道：「可憐的姑娘！」或是一副氣憤的樣子咬著牙咕噥：「骯髒的普魯士人，滾！」好幾次，大家都已經不想這件事了，他就用顫抖的聲音說：「夠了！夠了！」然後自言自語加上一句：「希望還見得到她，希望他不會把她搞死，這禽獸！」

這些玩笑趣味低俗，卻讓大家覺得好玩，一點都沒感到不快，因為氣憤一向是隨著情況改變，他們周圍的氣氛漸漸充斥著猥褻放肆的思想。

吃餐後甜點的時候，幾位女士也都說了許多風趣隱晦的暗諷，大家眼神發亮，也喝了不少酒。伯爵原本還保持著距離，擺出大人物莊重的氣派，現在找到一個讓眾人玩味再三的比喻：漂流在北極的船難人員，看見冬季封凍結束，一條往南展開的路的狂喜。

盧瓦索興高采烈，手舉著香檳站起來：「我為慶祝我們得救喝一杯！」大家都站起來，為他歡呼。連兩位修女，禁不住女士們的慫恿，同意把嘴唇沾進她們從來沒喝過的泡沫酒裡，她們宣稱這很像檸檬汽水，但味道終究比較細緻。

盧瓦索概述了眼下的情況：

「真可惜這裡沒鋼琴，要不然我們可以跳一支四人舞。」

科努鐵一句話也沒說，什麼動作也沒做，好像沉浸在非常嚴肅的思想裡，只是偶爾用憤怒的手勢抓一下鬍鬚，好像要把它拉得更長似的。將近午夜時，大家要散了，搖搖晃晃的盧瓦索突然拍著他肚子，口齒不清地說：「今天晚上您都不開玩笑，什麼也不說，公民？」科努鐵突然抬起頭，晶亮駭人的眼神把這群人掃視了一圈：「我告訴你們，你們所做的事非常骯髒惡劣！」他站起來，走到門邊，又重複了一次：「骯髒惡劣！」然後走了。

剛開始這像是澆了一桶冷水，盧瓦索吃了一驚愣住了，但又回過神來，突然間笑彎了腰，重複著說：「吃不到葡萄說葡萄酸，這傢伙，吃不到葡萄說葡萄酸。」大家都不明白，於是他敘述了「走廊上的秘密」，這下大家哈哈大笑，女士們笑得花枝亂顫，加瑞-拉瑪東先生笑得眼淚都出來了，他們簡直不能相信。

「是嗎。您確定，他想要……？」

「我說了是親眼看見。」

「而她拒絕了……」

「因為那個普魯士人就在旁邊房間裡。」

「不可能吧？」

「我向您發誓。」

伯爵笑岔了氣，棉紡廠企業家雙手捧著肚子。盧瓦索接著說：

「這下你們都能了解，今晚，他可一點也不覺得好笑，一點也不。」

三個人又爆笑開來，笑得難受，笑得猛咳嗽。

大家就這樣分開。不過盧瓦索夫人的個性像蕁麻一樣又尖又刺，正睡下的時候，她跟丈夫說那個加瑞－拉瑪東「潑婦」，一整晚都在假笑：「你知道，女人看到穿制服的，不管是法國人還是普魯士人，天啊，在她們眼裡都一樣。真是丟人哪，我主上帝！」

一整夜，黑暗的走廊上傳來一陣悉悉簌簌的輕微響聲，幾乎聽不到，像呼吸聲，像光著腳觸地的聲音，難以分辨的摩擦聲。他們很晚才入睡，因為房門底下透進來的一線光很久都沒熄滅。香檳酒的效力發作，據說它干擾睡眠。

次日，冬日的明亮陽光照在雪上，令人目眩。馬車終於套好了，等在門口，一大群白色的鴿子在六匹馬的腳邊莊重地踱來踱去，一身濃密的羽毛昂首闊步，粉紅色的眼睛中央嵌著烏黑的瞳孔，在馬匹拉下的熱騰騰馬糞裡尋覓吃食。

馬車伕披著羊皮大衣，坐在趕車座上抽著菸斗，所有旅客都愉快地快速打包旅途上的吃食。

大家只等著脂肪球出現就出發。她出現了。

她似乎有點侷促不安，覺得羞慚，膽怯地走向旅伴們，大家不約而同地轉過頭去，就像沒看見她。伯爵尊貴地攙著妻子的手臂把她拉開，避免和那個不潔的東西接觸到。

胖姑娘停下腳步，一臉錯愕，之後鼓起全部勇氣，卑下低聲地和棉紡廠夫人道聲「早安，夫人。」對方只倨傲地輕輕點個頭，以一種自已的良善被冒犯了的眼光看著她。每個人都裝作忙碌的樣子，離她遠遠的，好像她裙子裡帶著細菌。然後，大家你推我擁趕忙擠到車前面，留下她最後一個才來，一聲不吭坐上她來時的位置。

大家像沒看到她，不認識她；盧瓦索夫人遠遠地氣憤瞪著她，低聲跟丈夫說：

「幸好我不跟她坐同一側。」

沉重的馬車搖晃著出發，旅途又開始了。

剛開始大家都不說話。脂肪球不敢抬起頭來，但是她同時對這些同車人覺得憤慨，悲憤地覺得真不該讓步，不該讓這些假仁假義的人把自己丟到那個普魯士人的懷抱裡，忍受他骯髒的吻。

伯爵夫人轉過頭來，打破難堪的沉靜對加瑞－拉瑪東夫人說：

「您認識艾特萊爾夫人，我想？」

「對啊，她是我朋友。」

「多麼迷人的女士！」

「可不是嗎！一個真正的出色人物！知書達禮，從頭到腳都是個藝術家，她的歌聲讓人驚豔，畫圖也畫得盡善盡美。」

棉紡廠廠長和伯爵閒聊著，車子玻璃震動聲中偶爾傳來一兩個字：「票據——付款期限——溢價——到期。」

盧瓦索臨行前順手摸走了旅店裡的一副舊撲克牌，五年來在沒擦乾淨的桌上沾得油油膩膩的一副牌，現在和妻子一起玩一局「貝西格」。

兩位修女抓起垂在腰上的長串念珠，一起劃了十字，然後嘴唇突然開始快速動著，愈來愈快，聽不清的低喃，像在比賽念祈禱文一樣，不時親吻一塊聖牌，再次劃十字，然後又重新投入快速連續的誦詞。

科努鐵陷入沉思，一動也不動。

車行了三個鐘頭，盧瓦索收起牌，說：「餓了。」

他妻子拿出一個繩子綁好的包，從裡面掏出一塊冷的小牛肉，仔細切成薄片，兩人吃了起來。

伯爵夫人說，「我們也來吃吧。」大家都同意，她打開為了兩家人準備的食物。那是裝在一只長橢圓形的陶缽裡，蓋子上有一隻上彩釉的瓷兔子，標示是野兔肉泥，這是非常美味的肉製品，凍住的豬油在與其她肉末香混合的棕色野味之間，像四處淌流的河流。另外還有一大塊乾乳酪，用報紙包著，滑潤的表面還印著報紙上的「社會新聞」四個字。

兩位修女解開了裹著的一段發出蒜味的圓形香腸；科努鐵兩隻手伸到風衣兩邊的大口袋裡，一隻手掏出四顆水煮蛋，另一隻手掏出一塊乾麵包。他剝開蛋殼，丟到腳下的麥稈當中，張口咬著雞蛋，蛋黃屑掉到大鬍子上，像星星一樣掛著。

脂肪球起床時匆匆忙忙，腦袋一片空白什麼都沒想到，現在看著這些好整以暇吃著東西的人，氣極了，氣到幾乎喘不過氣來。洶湧而上的怒氣讓她肌肉痙攣，她張開嘴，準備朝他們衝出冒上嘴邊的一堆咒罵，但憤怒扼住了喉嚨，連話都說不出來。

沒有一個人看她，沒有一個人想到她，她覺得被這些愛惜名譽的無恥之徒的鄙視淹沒了，他們先是犧牲了她，然後把她當作一個骯髒無用的東西似的扔掉。她回想起她那裝滿美味食物的大提籃，被大家稀里呼嚕吃了個乾淨，裡面兩隻裹著晶瑩肉凍的雞、肉泥、梨子、四瓶波爾多葡萄酒；她的憤怒突然降下，像一根繃得太緊的繩索啪地斷了，她覺得自己快哭了。她盡力忍住，像個孩子般嚥回嘴裡的嗚咽，但是淚水湧上來，溼潤了雙眼，兩顆大淚珠很快衝出眼眶，緩緩滑落臉頰。更多淚滴快速地跟著滑落，像岩石當中濾出的水滴，規律地落到她的圓圓突出的胸脯上，她直挺挺坐著，眼神定住，臉僵硬蒼白，希望沒人看到她在哭。

但是伯爵夫人看見了，做了個手勢告訴丈夫。他聳了聳肩，似乎在說：「您要怎麼辦，這又不是我的錯。」盧瓦索夫人勝利地無聲笑了，低聲說：「她為自己的恥辱而哭。」

兩位修女把吃剩的香腸重新包好，又開始祈禱。

科努鐵消化著水煮蛋，把長長的雙腿伸直到對面長凳下面，身體後仰，抱著雙臂，像剛剛想到一個惡作劇般微笑著，然後開始用口哨吹起《馬賽曲》。

大家臉色一沉，同車的人顯然很不欣賞這首通俗軍歌，他們變得焦躁、激動，像狗聽到手搖機器風琴一樣，快要狂吠起來。科努爾意識到這情況，更是吹個不停，甚至不時還低哼著歌詞：

祖國神聖的愛

領導、支持我們復仇的雙臂
自由，可貴的自由啊
和你的捍衛者們一起奮鬥吧！

地上的雪凍得堅硬，馬車走得比較快了。經過好幾個鐘頭沉悶的旅途，夜色擦黑時馬車穿過顛簸的路面，之後整個車廂陷入深沉黑暗的夜色中，直到迪耶普。科努鐵故意不屈不撓地繼續吹著他那復仇的單調口哨，強迫那些疲乏和絕望的人一遍又一遍從頭到尾聽著，記住了每個小節的歌詞。

脂肪球還在哭泣，在黑暗中，兩段歌詞之間，不時發出抑制不住的一聲嗚咽。

呸呸小姐

普魯士的少校司令——也就是法勒斯堡伯爵——看完了信，坐在絨繡椅背的扶手椅裡，兩隻穿長靴的腳翹在精緻大理石壁爐上，自從他們佔據雨維城堡三個月來，他靴上的馬刺每天刮一點，現在壁爐上已經刮出了兩個深深凹洞。

熱騰騰一杯咖啡放在一張獨腳小圓桌上，鑲嵌精巧的桌面留著甜酒的印漬、雪茄的燒痕、軍官小刀的刻痕，他有時在桌上用小刀削鉛筆，有時按著自己飄忽的心思，漫不經心地在這精緻的桌面刮劃一些數字或圖案。

當他看完信件，瀏覽完軍郵下士送來的德文報紙，就站起身，丟了三四塊還透著濕氣的粗大木頭到壁爐裡——他們為了烤火，逐步把城堡園子裡的樹木砍下——走到窗邊。

大雨傾盆，一種諾曼第地區的大雨，好像一隻盛怒的手傾倒下來，斜射的雨像一層厚厚的帷幕，形成一道斜紋的牆，狂暴四濺，淹沒一切，這是被稱為「法國的尿桶」的盧昂附近不折不扣的雨。

軍官良久望著窗外那片被水淹沒的草地、遠處漫出河床的昂戴爾河（Andelle），手指在窗戶上輕敲一段萊茵河的華爾滋舞曲。這時，一個聲響讓他回過頭來：是他的副手，格萊因斯坦男爵，官拜上尉。

少校身材高大魁武像個巨人，肩膀寬碩，一把長鬍鬚像把扇子垂到胸前，他整個人高大威武，讓人想到一隻穿戴戎裝的孔雀，一隻開屏開到下顎的孔雀。他的眼珠是藍色的，冷酷沉靜，臉頰上一道刀痕，奧地利戰役留下的痕跡；據說他是個正直的人，也是一介勇將。

上尉是個紅光滿面的矮個子，大肚腩勒得緊緊，火紅色的鬍子剪得很短，有時在某種光線下，一根根鬍鬚看起來就像下巴發著磷光。他在某個尋歡作樂的夜晚，連自己都記不清怎麼回事地失去了兩顆牙，使得他說起話來口齒不清，經常聽不懂說什麼；他頭禿了，但只禿了頭頂，像和尚剃度，光禿禿的頭頂圍著一圈金黃發亮的小卷髮。

少校司令和他握了手，一口氣喝乾那杯咖啡（從早上算起第六杯了），一面聽著屬下報告勤務上發生的小事故，之後兩個人走到窗邊，說真是悶死了。少校本是個內向的人，在祖國已結了婚，對一切都能習慣而處；但上尉生性喜歡熱鬧，愛泡小酒館，愛追女人，三個月來被迫關在這荒僻的據點守著清規，悶出一肚子火。

這時有人敲門，少校大喊進來，一名士兵像機器人一樣出現在門口，只要看到他出現，就知道午餐已準備好。

飯廳裡已有三個軍階較低的軍官，一個中尉：奧圖・德洛斯林。兩個少尉：弗利茲・歇農堡，以及威廉・戴力克侯爵。侯爵是個金黃頭髮的矮個子，待人傲慢粗魯，對戰敗者殘忍暴戾，像隻槍管一樣火爆。

自從入侵法國以來，侯爵的同袍都以法語叫他「呸呸小姐」，這個綽號的來由是因為他俊俏的模樣，輕盈的腰身簡直像穿上了女人的束腰，蒼白的臉上幾乎看不見初冒的鬍渣；同時也因為他無時無刻不帶著高傲的蔑視對待人與事，嘴裡不停地發著法語中表示不屑的口頭禪，從唇縫裡冒出略帶氣音的——呸，我呸。

雨維城堡的飯廳是一間長形的豪華氣派廳堂，但現在，古老的水晶玻璃已被子彈打出千瘡百孔，牆壁上貼的弗朗德地區特產壁毯也被刀子劃了處處刀痕，有的地方刮開的布還垂吊著，那是呸呸小姐閒來無事時所幹的。

牆上掛著三幅家族人像畫，一個是身穿鐵甲的戰士，一個是紅衣主教，還有一個是法院院長，三人都吸著瓷製的長菸桿，另一個年代久遠而褪色的金色畫框裡，是一位胸部緊束的高貴仕女，因為被用泥炭畫上了兩撇大鬍子，看起來傲氣凌人。

軍官們幾乎是肅靜地吃完午餐，暴雨使得飽受蹂躪的飯廳更為陰暗，一副打了敗仗的慘淡樣子，老舊的橡木地板一片暗髒，就像破爛小酒館的地面。

吃完飯是吸菸時間，他們開始喝起酒來，每天在這個時刻，他們就開始談論起各自的煩悶無聊。白蘭地和甜燒酒在手裡傳來傳去，大家斜躺在椅子上，一小口一小口不停喝著酒，嘴邊銜著的菸桿，尾端捲起一個像雞蛋的瓷製的菸鍋，上面炫目的花俏艷麗的圖案連非洲土著都會被吸引。

只要杯子一空，他們就無精打采地再次斟滿。呸呸小姐不時隨意打破杯子，小兵會立即送上來一個新的杯子。

一整片濃厚辛辣的煙霧將他們淹沒，他們似乎陷入悲傷而沉睡的醉態，陷入這種無事可做、憂鬱沉悶的酒醉狀態。

男爵突然直起身子，一股反抗的激動，說道：「老天爺，不能這樣下去，總得想點事出來做。」

奧圖中尉和弗利茲少尉——兩個活脫脫體現肥厚嚴肅的德國人的人物——同聲問道：「什麼呢？上尉？」

男爵思索了幾秒鐘，然後說：「什麼呢？嗯，得辦個晚會，如果司令允許的話。」

少校移開嘴邊的菸桿：「什麼晚會，上尉？」

男爵靠過來：「我來負責一切，司令。我派『義務』到盧昂去找小姐，我知道該怎麼做。我們這裡準備一頓消夜，而且什麼都不缺，至少，我們會度過一個愉快的夜晚。」

法勒斯堡伯爵微笑地聳聳肩：「您是瘋了嗎，我的朋友。」但是所有軍官都站起來，圍著司令，懇求著說：「讓上尉去吧，司令，這裡真是悶死人了。」

司令終於讓步：「隨便你們吧。」於是男爵立刻叫來「義務」。「義務」是個年紀大的老士官，從來沒任何人看他笑過，但只要是上級分派的，不管什麼樣的任務，他絕對赴湯蹈火執行。

他面無表情站著，悉聽男爵的指示，然後走出去。五分鐘之後，上面蓋著一面油布棚頂的輛軍用馬車，由四匹馬拉著在大雨中奔馳而去。

立刻，大家似乎甦醒了，萎靡的身態挺直了，臉上有了神采，開始聊起天來。

大雨依舊傾盆而下，但司令說天色沒那麼陰暗了，奧圖中尉滿懷信心說天會放晴。呸呸小姐似乎坐不住了，一會兒站一會兒坐，清澈而冷酷的眼睛尋找著東西來破壞。突然，他盯著被畫上鬍鬚的那幅仕女畫像，掏出手槍，「妳可看不見這個了。」他坐在椅子上瞄準，連發兩顆子彈打穿畫中人的雙眼。

隨後他嚷著：「我們來玩放地雷吧！」大家的談話立刻中斷，像被一件刺激有趣的事情吸引了注意力。

地雷是呸呸小姐發明的遊戲，他的破壞方法，他最喜歡的娛樂。

城堡的合法主人弗爾南・達木伊・雨維伯爵匆匆離開之時，沒來得及帶走或藏匿任何東西，只在牆上一個洞裡塞了一些銀器。他極為富有奢華，在倉皇逃走之前，他那和飯廳隔著一扇門的大客廳，簡直像個美術館廳。

牆上掛著好些價值不斐的油畫、素描和水彩畫，家具上、架子上、精緻的玻璃櫃裡，擺滿成千的小玩意、瓷花瓶、小雕像、薩克斯的瓷像、中國的瓷人、古物象牙、威尼斯的玻璃器皿，這些珍貴稀奇的東西裝滿那寬敞的大廳。

現在那些東西所剩無幾，並非被掠奪了，少校司令法勒斯堡伯爵不會允許這種事發生；但是呸呸小姐不時玩「地雷」，一旦玩地雷的那一天，所有軍官至少有五分鐘玩得很開心。

矮小的侯爵到客廳裡找需要用到的東西，他拿著一把精緻的十八世紀粉紅色調中國小茶壺回來，在壺裡面裝滿火藥，仔細地從壺嘴塞進一根長長的引線，點燃它，跑起來把這爆炸裝置拿回客廳裡。

他很快又回來，關上門。所有的德國軍官都站起來等著，臉上帶著孩子般好奇的微笑；爆炸的力道搖晃城堡之後，他們趕忙一起朝客廳走去。

呸呸小姐第一個進去，站在一個頭被炸掉的維納斯女神陶製像前，拍著手狂笑；大家撿拾地上的瓷器碎片，驚訝地看著鋸齒狀的裂口，檢視這次地雷造成的新的損害，否認某些破壞是上一次爆炸的成績；上校司令帶著大家長的神情，檢視著寬敞客廳被炸得一片狼藉，滿地藝術品碎片，之後第一個走出客廳，心情愉快地說：「這一次很成功。」

但是一股濃濃的煙哨味已傳進飯廳裡，和菸草的煙混在一起，令人無法呼吸。司令打開窗戶，所有軍官都回到飯廳喝飯後最後一杯白蘭地，現在都靠到窗邊。

潮濕的空氣湧進飯廳，帶來像灰塵般的水氣灑滿他們的鬍子，以及一陣大水淹漫的氣味。他們望著大雨下的高大樹木、籠罩著低沉雲層的寬敞河谷，以及遠處矗立著灰色尖頂鐘樓的教堂。

自從他們來了以後，教堂鐘聲就再也沒敲響過。這些侵入者在這附近一代遇到的唯一抵抗，就是教堂鐘樓的沉默。本堂神父絲毫不拒絕為普魯士士兵提供食宿，甚至好幾次肯和敵軍司令一起喝瓶啤酒或波爾多葡萄酒，司令也經常把他當作一個善意的中間人；但是絕不能要求他敲響教堂鐘聲，那怕一聲都不行，他寧可被槍決也不肯。這是他反抗侵占的方式，和平的抗議，沉默的抗議，他說這是唯一適合溫和而不血腥的教士的方式；因此方圓十里所有人都讚嘆項大萬神父的堅定和英雄作法，膽敢在國難當頭的此刻，以教堂部敲鐘的靜默方式表現不屈的精神。

整個村子被他這種反抗所鼓舞，決定豁出一切都要竭盡所能支持神父，把他這種沉默的抗議視為捍衛民族的光榮。四處村子的農夫因此覺得對祖國的貢獻比奮勇抗敵的貝爾福（Belfort）和史特拉斯堡（Strasbourg）還來得大，他們也是相同可貴的榜樣，他們村莊的名字也將名留青史；除了這一點之外，他們對戰勝者普魯士士兵們倒是乖順聽話得很。

司令和他的軍官們對這種無害的愚勇一笑置之，並且整區農民對他們都表現得順從客氣，他們就寬容了這無聲的愛國反抗。

唯獨矮小的威廉侯爵很想強迫讓教堂鐘響，而且很生氣上級司令對神父採取這種屈就的政治手腕，每天他都懇求司令讓他去叮—噹—咚一下，一次，一次就行，好玩而已嘛。他懇求的時候都帶著母貓的討喜、女人的撒嬌、瘋狂想得到什麼東西的情婦式的溫柔細聲，但是司令絕不讓步。呸呸小姐為了解氣，就在雨維城堡裡玩「地雷」。

這五個男人擠在一起好幾分鐘，呼吸著潮濕的空氣。弗利茲中尉終於發出一聲悶笑，說道：「那些姑娘到這梨，可沒有好天氣可傘步呢。」

他們各自散開，回到崗位，上尉要準備晚上餐會，可有的忙呢。

傍晚時他們又聚集起來，看到彼此的樣子都笑了起來，每個人都打扮了一番，像閱兵大典時那樣容光煥發，頭髮上了油，擦了香水，乾乾淨淨。司令的頭髮似乎不像早上那樣花白；上尉刮了鬍子，只留下小鬍鬚，像鼻子底下留了一撮火。

雨還下著，但他們讓窗子敞開，不時會有其中一個走到窗邊傾聽。六點十分，男爵宣稱遠方傳來隆隆車聲。大家一陣忙亂，不多久，馬車出現了，四匹奔馳的馬一身爛泥，汗氣蒸騰地喘著氣。

五個女人在門口台階前下了馬車，是上尉派「義務」捎了名片給一位朋友，請他特別精挑細選五個美貌女子。

她們毫不猶豫就來了，之前也遇過普魯士軍人，知道他們打賞大方，三個月以來她們親身經驗，視他們的國家黨派於無物。「這是職業需要」，她們一路上這樣對自己說，無疑是回覆僅存的良知的暗暗自責。

大家立刻走進飯廳。飯廳裡燈火通明，殘破損毀的情況顯得更加慘淡；桌上擺滿了肉品、精緻碗盤、屋主藏在牆壁裡被搜出的銀質器具，場景就像一幫土匪幹了一票之後在小酒館裡聚餐。上尉紅光滿面，一把抓女人過來，像隨便抓一個物品，吻她們、嗅她們、估量她們賣身的價碼；三個年輕的屬下想一人挑一個，他立刻權威地反對，主張由自己按照官階公平地分配，不能壞了官階的階級制度規矩。

接下來，為了避免任何爭論、爭端、或質疑不公正，他讓姑娘們按照身高排成一排，用統帥三軍的口吻對最高的那個說：「名字？」

她粗著嗓音回答：「潘蜜拉。」

他喊道：「一號，潘蜜拉，分派給司令。」

接著他摟住隊伍中第二個，名叫布朗婷，表示這是屬於他的；肥胖的阿蔓塔分派給奧圖中尉；紅番茄愛娃分派給弗利茲少尉；排最後最矮的那個哈謝兒——一個棕色頭髮的年輕女孩，眼珠黑的像墨汁，彎俏的鼻子證實了猶太人鷹勾鼻的定律——自然就分派給身形孱弱如小姐的威廉・戴利克侯爵。

她們五個都漂亮豐盈，外表沒多大不同，終日在妓院裡共同生活，每日操持賣笑的營生，使她們的模樣和膚色都相似起來。

三位年輕軍官立刻想把女子拉到房間去，藉口說要給她們香皂和刷子洗刷一番；但是上尉立即靈巧地反對，說她們肯定身上夠乾淨可以直接上桌吃飯，而且上了樓動了手腳，到時候下樓又想換個伴，擾亂大家原先分配好的。他這番經驗談立刻讓大家都接受了，只不過四下親吻聲嘖嘖，等待中的親吻。

哈謝兒突然嗆咳了起來，咳得眼淚都出來了，鼻子裡冒出了菸，原來侯爵藉著親吻，把一股菸吹進了她嘴裡。她並不生氣，沒說一個字，但是黑眼珠裡露著一股怒氣瞪著她的主人。

大家就座。司令本人似乎也情緒高昂，右手摟著潘蜜拉，左手抱著布朗婷，邊攤開餐巾邊高聲說：「上尉，你想的這個主意好極了。」

奧圖中尉和弗利茲少尉彬彬有禮，像對待上流社會仕女，使坐在他們身旁的姑娘有點侷促不安；但是格萊因斯坦男爵完全投入他的惡習當中，如魚得水，說了許多粗野低俗的話，頭上一圈紅頭髮像著了火。他用萊茵河德國式法語獻殷勤，那些小酒館裡粗俗的恭維從缺了兩顆牙的洞裡噴出來，夾雜著唾沫像機關槍掃射到女人臉上。

她們根本聽不懂他在說什麼，她們的聰明只在他那扭曲的口音吐出一堆猥褻字眼、下流句子時才突然顯現，那時，她們便像瘋了一樣大笑，倒在旁邊男人的肚子上，重複著那些男爵故意扭曲、好讓她們說出那些下流用字的句子。她們興高采烈地吐出那些骯髒字句，初巡的幾瓶葡萄酒已讓她們醉了，回復本來面目，恢復習慣的作風，吻著右邊左邊的鬍子，捏著他們的手臂，發出震耳的尖叫，拿起不管是誰的酒杯便喝，唱著法文小曲和由於與敵人朝夕相處而學來的幾段日耳曼歌謠。

很快的，男人們因面前可任由擺布的玉體橫陳陶醉了，猖狂起來，大聲吼叫，砸碎杯盤，在他們背後伺候的小士兵面不改色。

唯有司令還保持著體統。

呸呸小姐把哈謝兒抱坐在腿上，不動聲色地興奮起來，時而瘋狂親吻她頸間烏木般的捲髮，嗅著她衣裳和肌膚之間溫潤的體溫和整個身體散發的香氣；時而一股狂暴戾氣湧起，興起毀滅的慾望，隔著衣服緊緊掐她，痛得她大叫出聲。他又不時緊緊摟住她，緊得像要把她揉進自己身體，嘴狠狠壓住那猶太女子鮮潤的雙唇，吻得她喘不過氣；他又突然狠狠咬了她的嘴一口，一縷鮮血流到年輕女子的下巴，再流到上衣胸前。

她再一次面對面瞪著他，邊洗著嘴上傷口邊低聲說：「這是要償還的。」他笑了，一個嚴酷的笑。「我會償還的。」他說。

到了甜點時間，大家斟上香檳。司令站起來，以儼然向他們皇后奧古斯塔敬祝的語調舉杯說：

「敬我們在座的女賓！」隨後開始一連串乾杯，粗野軍人和醉鬼的敬詞，摻雜著下流的玩笑，加上對法語一知半解，玩笑顯得更粗魯低俗。

他們一個一個站起來敬酒致詞，搜索枯腸想一些逗趣的詞句；姑娘們都醉得站不直了，眼神渙散，嘴唇黏乎，每個人說完都拼命鼓掌。

上尉無疑是想為這肉慾橫流的場面增添一絲風雅，再次舉杯高聲道：「為我們贏得人心而乾杯！」

活像黑森林裡一隻肥熊的奧圖中尉，也醉醺醺站起來。酒精引燃的愛國主義突然充斥全身，他喊道：「為我們打敗法國而乾杯！」

姑娘們醉得一蹋糊塗，全沒了聲音，只有哈謝兒氣得發抖，轉過身說：「你知道，我是認識法國軍人的，在他們面前你絕不敢這麼說。」

矮小的侯爵一直抱著她坐在大腿上，喝多了情緒轉高昂，笑了起來：「哈！哈！哈！我倒是從沒見過法國軍人，我們一出現，他們就夾著尾巴溜了！」

那姑娘氣急敗壞，對著他大吼：「你撒謊，王八蛋！」

他盯著她清澈的眼睛一秒鐘，就像盯著那些被他用槍打得千瘡百孔的畫像，繼之又笑了：「哈！對呀，我們談談他們吧，美人兒！如果他們勇敢的話，我們會在這兒嗎？」說到這裡他興奮起來：「我們是他們的主人！法國是屬於我們的！」

她搖擺著身體滑下他的腿，滑到了椅子上。他站起來，把酒杯伸到桌子中央，再說一次：「法國、法國人民、法國的森林田地房屋，都是屬於我們的！」

醉得亂七八糟的其他人，突然被一股軍人士氣、一股野蠻的興奮情緒搖醒，拿著酒杯一齊大喊：「普魯士萬歲！」然後喝乾酒杯。

姑娘們沒有絲毫抗議，嚇得一聲不吭。哈謝兒也閉上了嘴，沒有力氣回嘴。

矮小的侯爵把重新斟滿的香檳酒杯放在猶太女子頭頂上，喊道：「所有法國的女人也屬於我們！」

她猛然站起身，水晶酒杯一倒，黃澄澄的酒像洗禮一樣一股腦傾倒在她黑髮上，然後掉到地上砸碎了。她的嘴唇顫抖，瞪著笑嘻嘻的軍官，用被氣憤掐著喉嚨的聲音結巴地說：「這，這，這根本不對，譬如說，你們得不到法國女人。」

他坐了下來，笑得更開懷，模仿巴黎口音說道：「妳還真是撲錯，撲錯，那麼，妳來這裡是做什麼呀，小娘ㄗ？」

她愣住了，先是沉默，慌亂間沒聽懂他說的話，隨後，一旦明白了他說的是什麼，便氣憤激烈地對他說：「我！我！我不是女人，我，我是個妓女；普魯士人適合的就是這個。」

她話還沒說完，他就狠狠摑了她一耳光，手又再次高高舉起時，她憤怒至極，抄起桌上一把甜點銀刃小刀，迅雷不及掩耳就插入他的脖子，刺進喉頭下方凹處。他正說的一句話硬生生切斷在喉頭，張大著嘴，露出駭人的眼神。

所有人都發出狂吼，慌張地站起來；哈謝兒把椅子扔到奧圖中尉的腿上，中尉橫躺倒下。她衝到窗邊，沒人來得及抓到她。她打開窗戶，跳到黑沉夜色中，消失在不停的大雨中。

呸呸小姐不到兩分鐘就死了。弗利茲和奧圖拔出槍，要殺了蹭在他們膝頭的女人們，少校好不容易阻止了這場屠殺，把四個嚇壞了的姑娘關在一個房間裡，派兩名士兵看守；隨後他像作戰似的分遣人馬，組織追捕行動，信心滿滿一定能擒獲逃掉的人。

五十名士兵在司令嚴詞威脅之下，開始到園子裡搜尋。另外兩百名到附近樹林和河谷裡所有人家追緝。

餐桌一下清空，拿來當作屍榻。那四名酒醒了、表情僵直的軍官，臉上帶著戰場上軍人的嚴酷表情，站在窗邊，望著深沉夜色。

滂沱大雨繼續下著，持續的淅瀝聲充塞著黑暗，落下的水、地上淌流的水、簷溜的滴水、飛濺的水混雜成浮動的模糊聲響。

突然，傳來一聲槍響，緊接著遠處又響起另外一聲；接下來的四個鐘頭，不時聽見或近或遠的槍響、集合的叫聲、以喉音發出的像召集的奇怪字眼。

到了早上，所有人都回來了。死了兩名士兵，傷了三名，都是黑夜緝捕行動中慌亂而輕舉妄動的同袍幹的好事。

沒找到哈謝兒。

這麼一來，居民們驚恐萬分，每家每戶被察個徹底，到處都被探勘、搜查，翻天覆地。那個猶太女人似乎沒留下任何蛛絲馬跡。

將軍知道了消息，下令隱瞞此事，以免破壞軍隊形象，並且以紀律不整懲治少校司令，司令也懲處了下屬。將軍說：「我們打仗可不是為了作樂和玩妓女。」法勒斯堡伯爵少校氣急敗壞，矢言報復整個地區。

要找一個藉口好好行報復之實，他叫人找來神父，命令他在戴利克侯爵少尉的葬禮上敲響教堂鐘聲。

出乎大家意料，神父表現出順從、謙卑、尊敬。當咥咥小姐的遺體由士兵們抬著，前後周圍簇擁著荷槍實彈的士兵，從雨維城堡走向墓園，教堂鐘樓第一次輕快敲響著喪鐘，像一隻溫情的手輕撫著。

它在傍晚再次響起，次日也一樣，每天都敲響，隨時響個不停。有時候甚至在晚上也自己搖動起來，在黑暗中發出輕微兩三聲，好像突然就高興起來似的，被不知什麼東西喚醒。附近的農民都說這座鐘著了魔，因此除了神父和聖器室管理員，誰也不敢再靠近鐘樓。

其實有一個可憐的女子住在鐘樓上，活在擔憂與孤寂之中，上述兩位神職人員偷偷供她飲食。

她在鐘樓一直住到德國軍隊離開。之後，一天晚上，神父跟麵包店借了馬車，親自駕車把監禁在鐘樓的女子送到盧昂城門口。到了城門口，神父擁抱她一下，她下了馬車，快步走回妓院，妓院老鴇以為她早就死了。

不多久之後，一個不存偏見的愛國人士感佩她的舉動，將她贖出妓院，之後愛上了她，娶之為妻，使他成了和其他主婦一樣高貴的夫人。

兩個朋友

巴黎被包圍了，一片飢荒，奄奄一息。屋頂上的麻雀少了，地下水道裡的耗子少了，人們餓得什麼都吃。

莫利梭先生原本是鐘錶匠，因為時局賦閒在家，在這一月份清朗的早上，雙手插在國民自衛軍制服的褲子口袋裡，空著肚子，愁悶地沿著環城大道閒步，遇到一個他已當作朋友的同好，立刻停了下來。那是索瓦居先生，一個在河邊交上的朋友。

戰事爆發之前，每個周日，莫利梭先生黎明就出門，一手拿著竹製魚竿，背上揹著一個洋鐵盒，從阿讓特伊鎮（Argenteuil）搭火車到柯倫布鎮（Colombes），然後步行到馬杭特小島上（île Marante）。一到了這處他視為夢中仙境的地方，就開始釣魚，一直釣到天黑。

每個周日，他都會在那裡碰到一個肥胖快活的矮個子，索瓦居先生。索瓦居先生是洛雷特聖母院街 (Notre-Dame-de-Lorette) 上賣針線雜貨店老闆，也是一個釣魚癡。他們倆經常肩並肩坐著大半天，手握著釣竿，雙腳懸在水面上；他們就這樣成了朋友。

有些日子他們並不交談，有時候則一起聊天，他們有相同的嗜好和共通的感受，就算什麼也不說也相處融洽。

春天，差不多早上十點鐘，恢復活力的太陽照在靜靜河水上的一片水氣，也把這兩個釣魚癡的背曬的暖洋洋，有時莫利梭對身邊的那人說：「嘿！天氣多暖和！」索瓦居先生就會回答：「再沒比這個更好的了。」這就足夠讓他們倆互相了解、彼此尊重。

秋天，傍晚時分，天空被落日染成血紅，河水倒映著紅色的雲朵，染紅了一整條河，地平線像著了火，照得兩個人全身發紅，開始變紅的樹葉也金光閃爍地在寒風裡抖動，索瓦居先生微笑看著莫利梭，說：「多美的景致！」莫利梭眼睛不離浮標，讚嘆地回答：「這裡比環城大道好多了，嗯？」

這一天，當他們認出彼此，就熱切地握手，在這種完全不同的情況下相見，兩人都很感動。索瓦居先生嘆了口氣，低聲說：「發生了好多變故。」莫利梭沒精打采地抱怨：「天氣多好！是今年第一個好天氣呢！」

的確，天空湛藍，萬里無雲。

他們肩並肩往前走，胡思亂想，心情悲傷。莫利梭說：「釣魚的事呢？唉！多好的回憶呢！」

索瓦居先生問：「我們何時可以再去？」

他們走進一家小咖啡館，喝了杯苦艾酒，又開始在人行道上閒晃。

莫利梭突然停下：「再喝一杯吧，嗯？」索瓦居先生贊同：「悉聽尊便。」他們又鑽進另一家小酒館。

走出酒館他們已經醉意十足，像空腹喝了一肚子酒般頭昏眼花。天氣暖和，一陣輕撫的微風搔拂著他們的臉。

溫熱的空氣讓索瓦居先生更醉了，他停下腳步：「咱們去吧？」

「去哪兒？」

「釣魚啊。」

「去哪兒釣？」

「去我們的小島啊。法國兵的前哨在科倫布鎮附近，我認識駐守的莒慕蘭上校，他會輕鬆地讓我們通過。」

莫利梭渴望地發抖：「說定了，算我一個。」他們分頭回去拿釣具。

一個鐘頭之後，他們已肩並肩走在大路上，到了上校駐防的別墅。上校聽了他們的要求，莞爾一笑，同意他們的奇想。他們帶著通行證又上路了。

很快地，他們穿過前哨，穿越荒棄的科倫布鎮，再繼續走到延伸到塞納河邊小片小片的葡萄園的邊上。那時差不多十一點鐘。

對面的阿讓特伊鎮像座死城。歐克山丘和沙諾瓦山丘俯瞰整個地區，一整片直到南泰爾的平原都是空的，全然空曠，只有光禿的櫻桃樹和灰色的土地。

索瓦居先生指著四周山丘頂端，低聲說：「普魯士人就在那上面！」面對這片荒蕪的景色，擔憂把這兩個朋友嚇得無法動彈。

「普魯士人！」他們還沒親眼看到過，但是好幾個月來，他們感受到他們就在巴黎四周，毀滅了法國，燒殺擄掠，造成飢荒，這些人雖看不見，卻是無所不能，在他們對這陌生而凱旋的民族的憎恨之上，更添上一種迷信的神祕恐懼。

莫利梭結結巴巴說：「嗳！我們去會會他們吧！」

索瓦居先生體內巴黎人慣有的嘲謔還是冒了出來，回答說：「那就請他們吃一頓炸魚！」

然而四下一整片寂靜，令他們害怕，遲疑著不敢往前走。

最後，索瓦居先生打定了主意：「走吧，往前！但是要小心。」他們走下到一片葡萄田裡，彎著腰爬著，以灌木叢當掩護，眼神驚慌，耳聽八方。

現在只需穿過一段沒有遮掩的平地，就抵達河岸邊了。他們拔腿奔跑，一到了岸邊，就躲到乾枯的蘆葦叢裡。

莫利梭臉貼著地面，傾聽是否有人在附近走動，什麼也沒聽見。他們是單獨的，就他們兩個人。

他們放下心來，開始釣魚。

在他們對面，荒涼的馬杭特小島遮住了他們，對岸看不見他們。島上那家小飯館關閉了，房子像荒廢了好多年似的。

索瓦居先生釣起第一條魚，莫利梭釣上第二條。之後，他們不時舉起魚竿，拉起魚線尾端一條銀光跳耀的小魚，真是一次豐收的魚釣。

他們小心翼翼把釣起的魚放進腳邊浸在水裡的一個細網裡，一股甜美的喜悅鑽透他們身心，那種重新找回很長一段時間被剝奪的嗜好的喜悅。

和煦的太陽在他們肩上灑下溫暖，他們什麼也聽不到，什麼也不想，忘卻世間一切，專注一心釣魚。

但是突然間，一聲悶響像是從地底冒上來，撼動著地面，砲聲開始隆隆響起。

莫利梭回過頭，越過河岸上方看見左方瓦雷昂山頂（Valérien）高大的側影，前方出現一片像白色羽毛的煙霧，是剛從砲口冒出的煙硝。

第二道煙又立即從山頂的碉堡噴發出來，過了一會兒，又一發隆隆砲聲。

之後砲聲繼續不斷，山上發出一陣一陣死亡的氣息，吐出乳白色的蒸騰，緩緩升到天上，在山頂上方結成一朵雲。

索瓦居先生聳聳肩：「他們又開始了。」

莫利梭焦心的凝視著上下起伏的浮標，突然升起一股溫和百姓的怒氣，憤怒如此濫殺的兇殘之人，忿忿地說：「這樣自相殘殺，真是愚蠢。」

索瓦居先生也說：「比畜生都不如。」

莫利梭剛釣上一條鮊魚，高聲說道：「只要有政府存在，歷史還是會重演。」

索瓦居先生打斷他的話：「共和國成立的話，就不會宣戰……」

莫利梭打斷他的話：「國王在位，我們是和外國打仗；共和國的話，是和自己人打。」

他們開始平靜地討論起來，以溫和而見識有限的老百姓的正常理智，抽絲剝繭討論政治大議題，並且同意一點，那就是人永遠不會自由。瓦雷昂山頂砲聲不息，一個個砲彈摧毀了法國房子，攪亂了許多生命，壓毀了許多人命，終結了許多夢想、希望的快樂、期待的幸福，撕裂了少女的、母親的心，在異鄉造成了無窮無盡的痛苦。

「這就是人生。」索瓦居先生說。

「毋寧說這就是死亡。」莫利梭笑著回答。

他們驚恐地震跳了一下，察覺後面有人走動，回頭一看，肩膀後站著四個人，四個帶著槍留著鬍子的高大男人，穿著僕人制服一樣的軍服，頭戴扁軍帽，槍口瞄著他們的臉。

兩根釣竿從他們手中滑落，順著河水往下流。

幾秒鐘之內，他們被捉住、綁好、帶走，被丟到一艘小船裡，渡到了那座小島上。

在他們以為荒棄的那個屋子後面，他們看見二十多個德國人。

一個渾身毛的大巨人跨坐在一張椅子上，抽著一根瓷製大菸斗，用道地的法語問他們：「嗯，兩位先生，釣魚收穫如何？」

一名士兵把連同帶回來裝滿魚的網袋放在軍官腳邊，普魯士軍官微笑道：

「啊！啊！收穫很不錯啊，不過這不是重點，好好聽我說，不要慌張。」

「對我來說，你們兩個是派來偵探我的間諜，然後被我抓住了，然後槍斃。你們假裝來釣魚，以此做為掩護。你們落到我手裡，算你們倒楣，現在是戰亂時期啊。不過，你們既然通過前哨過來，必定知道回去的口令，告訴我這口令，我就網開一面。」

這兩個朋友，面無血色，肩並肩站著，害怕地手微微抖著，一聲不吭。

軍官又說：「沒有人會知道，你們就平平安安回去，秘密也就跟著你們不見蹤影；如果你們拒絕，那就是死路一條，而且立刻就死。選擇吧。」

他們站著一動也不動，緊閉著嘴。

普魯士軍官一直很平靜，手指著河水接著說：「想想五分鐘之後你們就要身陷河底，五分鐘！你們應該都有父母妻小吧？」

瓦雷昂山頂的炮聲依舊持續。

兩個釣魚人沉默地站著，德國軍官用他的本國語言發了命令，之後把自己坐的椅子挪開兩名俘虜身旁。十二名士兵走上來，站在二十步遠的地方，槍倚著腿。

軍官說：「我給你們一分鐘，一秒鐘都不多。」

他隨即突然站起來，走近兩個法國人身邊，挽著莫利梭的胳臂，把他拉到一邊，低聲對他說：「快點，口令是什麼？您的同伴不會知道您說了什麼，我會裝作突然心軟。」

莫利梭一聲不響。

軍官又把索瓦居先生拉到一旁，說了同樣的話。

索瓦居先生一聲不響。

他們又肩並肩站在一起了。

軍官發號施令，士兵們舉起了槍。

此時，莫利梭的眼光碰巧落在那裝滿魚的網袋上，網袋放在離他腳邊幾步遠的草地上。

一道陽光照過來，那一堆還在跳動的魚閃閃發光。一陣軟弱襲上心頭，儘管盡力忍住，還是眼淚盈眶。

他結巴著說：「永別了，索瓦居先生。」

索瓦居先生回答：「永別了，莫利梭先生。」

他們互相握手，渾身不由自主地發著抖。

軍官喊道：「開槍！」

十二發子彈齊聲發出。

索瓦居先生面朝下扑倒成一堆。莫利梭個子比較高，先搖晃旋轉了一會兒，才側身倒在同伴身上，臉朝著天，一股股鮮血從軍服穿洞的胸部流出。

德國軍官又發了新的幾句命令。

手下士兵四下散去，然後帶著繩索和石頭回來，把石頭綁在兩名死者腳上，然後抬到河邊。

瓦雷昂山頂依舊砲聲隆隆，現在山頂籠罩著一片煙霧。

兩名士兵抬著莫利梭的頭和腳，另外兩名士兵以同樣方式抬著索瓦居先生。兩具屍身先被大力搖晃，然後遠遠扔出，劃出一道弧線，之後，綁在腳上的石頭先往下，如同站著似地沒入水裡。

水花四濺翻騰，激起一陣漣漪，然後恢復平靜，微微浪波捲到了岸邊。

水面上漂著一些血色。

一直神色泰然的軍官低聲說：「現在輪到魚吃他們了。」

他走回屋子去。

突然，他看見草地上裝魚的網袋，拾了起來，看了看，微笑，喊道：「威廉！」

一個圍著白圍裙的炊事兵跑上前來，普魯士軍官把兩個被槍決的漁夫的漁穫扔給他，吩咐說：「趁魚還活著，趕快給我炸一炸，一定美味。」

說完，他就抽起了菸斗。

米龍老爹

一個月以來，烈陽將炙熱的火焰灑片田野。這烈火炙陽之下，植物都歡喜地茂盛生長，大地一望無際綠油油。天空萬里無雲，直至地平線。田野上散落的諾曼第農莊，遠處看來像一座座小樹林，圍繞著一圈高高的山毛櫸。走近一看，打開蟲蛀斑斑的籬笆門，卻像看見一座廣大的花園，所有那些如老農夫般瘦骨嶙峋的老蘋果樹都正盛開著花，烏黑的老樹幹彎曲錯節，在內院中排成一列，在天空下展示它們雪白粉紅繽紛的圓頂。盛開的花散發優雅香氣，混合著敞開的馬廄傳來的濃厚氣味，以及站了一堆母雞的肥料堆發酵蒸騰出的氣味。

正午，那一家人正在門前梨樹的樹蔭下吃飯：父親、母親、四個孩子、兩個女僕、三個長工。他們不說話，靜靜吃著濃湯和加了很多馬鈴薯的肥油燴肉。

女僕不時站起來，拿著水罐子到食物儲藏室重新裝滿蘋果酒。

男主人是四十來歲的高大壯漢，凝視著爬在房子上一株葡萄藤，光禿禿的藤幹彎彎曲曲像條蛇彎過護窗板下，爬滿整面牆。

看了好一會兒，他說：「老爹這株葡萄今年抽芽早，或許會結葡萄。」

女主人也回過頭看著葡萄藤，一言不發。

這株葡萄，正種在老爹被槍決的地方。

*

那是在一八七〇年普法戰爭之時，普魯士人佔據整個諾曼第地區，費德爾布將軍 (Faidherbe) 正率領北部軍團與之對抗。

然而，普魯士軍的參謀部設在這個農莊。農莊主是個年老的農人——米龍老爹，盡力接待、安置他們。

一個月以來，德軍的前哨部隊待在村子裡做偵查工作，法軍在十里之外的地方，按兵不動；然而，每個夜裡，總有普魯士槍騎兵失蹤。所有落單的偵查兵，或是那些只有兩、三個成一組派出的巡邏兵，都有去無回。

到了早上，人們在田裡、院子邊、壕溝裡發現他們的屍體，他們的坐騎也倒在路邊，脖子被一刀劃開。

這些謀殺事件似乎是同一夥人幹的，但都找不到兇手。

整個地區籠罩著恐怖，隨便被告發，農民就會被槍決，婦女被監禁；德軍想用恐嚇手段讓孩子吐露消息，卻什麼都沒發現。

但有一天早上，他們發現米龍老爹躺在自家馬廄裡，臉上有一道刀傷。

在農莊三公里外，人們發現兩名被開腸破肚的槍騎兵，其中一個手上還握著沾滿血的刀，他曾搏鬥過、自衛過。

一個軍事法庭很快就組織起來了，就在農莊前面露天開庭，老莊主被帶上來。

他六十八歲，身材矮小瘦弱，背有點駝，一雙大手像螃蟹的大鉗子。他的頭髮灰暗稀疏，像黃色小鴨身上的羽絨那麼鬆散，到處可見到頭皮。脖子上褐色的皺皮露出好些粗大的青筋，在下巴凹處隱沒，又在太陽穴顯現。本地人都說他吝嗇，做起生意來錙銖必較。

他們讓他站在搬到外面的餐桌前面，身旁圍著四個士兵，五名軍官和上校坐在他對面。

上校用法語發言：

「米龍老爹，自從我們來到這裡，對您只有稱讚的份，您對我們總是殷勤，甚至關心，但是今天有一樁恐怖的控訴落到您身上，必須讓事實水落石出。您臉上的傷是怎麼來的？」

農夫什麼也不回答。

上校又說：

「沉默就表示認罪，米龍老爹。但是我要您回答我，聽到了嗎？您知道是誰殺了今天早上在卡爾維爾附近發現的那兩個騎兵嗎？」

老爹字字清楚地回答：

「是俺。」

上校吃了一驚，緘默了一秒鐘，牢牢盯著犯人。米龍老爹面不改色，帶著鄉下人傻愣的神情，眼睛低垂像對神父說話似的。唯一洩露他內心慌張的，是他一口一口艱難地吞嚥著口水，好像喉嚨完全被勒住了一樣。

老爹的家人——兒子約翰、媳婦、兩個孫子——站在十步遠的後方，恐懼而驚愕。

上校接著說：

「您是否也知道，一個月以來每天早上在田野裡發現的我軍的偵查兵，是誰殺的？」

老人以同樣呆頭呆腦的無動於衷，答道：

「是俺。」

「全都是您殺的？」

「全都是，對，是俺。」

「您一個人？」

「俺一個人。」

「告訴我您是怎麼幹的。」

這一次，老爹變了臉色，不得不說一長串話，這明顯讓他很困擾。他結結巴巴說：

「我哪兒知道？就是這麼幹了。」

上校又說：

「我警告您，您必須一五一十全盤交代，您最好立刻打定主意。是怎麼開始的？」

老爹擔憂地看看後面專心關切的家人，遲疑了一會兒，然後突然下定了決心。

「你們到這裡的第二天，俺晚上回來，約莫是十點鐘，您和您的士兵拿了俺價值五十銀兩的糧草，還有一頭牛和兩隻羊，俺就想：他們拿俺一分，俺就要討回一分。並且俺那時心裡還有別的打算，這稍後再跟您說。俺看見你們一個騎兵在俺糧倉後面的壕溝上抽著菸斗，俺去取下鐮刀，躡手躡腳走到他後面，他什麼都沒聽見，俺一刀砍下他腦袋，喀擦一下，就像割麥穗，他連發一聲『喔』的時間都沒有。您只需去水塘裡撈，就會找到他，和柵欄邊的一塊石頭一起裝在煤袋裡。

「俺那時有了個念頭，把他所有衣服，從靴子直到帽子都剝下來，藏到院子後面馬丁樹林裡的石灰窯裡。」

老爹停下來。軍官們驚得啞口無言，面面相覷。詢問又繼續，下面就是他們所得知的。

*

這樁謀殺成功之後，老爹便存著這個念頭：「殺普魯士人！」他像一個貪婪而愛國的農家漢一樣，對他們存著陰險且頑強的憎恨。正如同他說的，他有他的打算。他等了幾天。

面對戰勝者，他的態度卑微、服從、殷勤討好，所以軍人們讓他自由來去，任意出入。他看見每天晚上都有傳令兵派出去，聽了傳令騎兵要前往的村子名稱，他便跟著出了門，並且跟德軍相處的時間內，也學了幾句必要的德語。

他走出院子，溜到樹林裡，走到石灰窯裡，鑽到窯裡地道最底端，在地上找到那死去士兵的衣服，穿戴到自己身上。

然後他在田野裡晃過來晃過去，倚著斜坡匍匐前進以免被看見，豎耳傾聽最微小的聲響，就像違禁偷獵的人一樣提心吊膽。

當他認為時間到了，就往大路靠近，躲在路旁灌木叢裡。他繼續等著。到了午夜，硬土地上響起了馬蹄奔馳的聲音，他耳朵貼著地仔細聽，確定來的只有一個騎兵，然後就蓄勢待發。

騎兵攜著緊急文件，策馬大步奔過來。老爹靠向前，眼觀四面，耳聽八方。走近到十步遠開外，米龍老爹就橫在路中央拖著身體，用德文和法文呻吟道：「救命啊！救命啊！」騎兵勒馬停下，看到是個失了坐騎的德國兵，認為他是受了傷，於是下了馬，毫無疑慮的靠過去，當他彎腰朝向那個陌生人時，攔腰被彎刀長長的刀刃橫砍了一刀，他倒在地上，連掙扎都沒掙扎，僅僅最後抽動了幾下就死了。

諾曼第老爹心中充滿老農夫的無聲喜悅，開心地站起來，出於好玩還把屍首的頭割下，然後把屍體拖到壕溝丟了下去。

那匹馬安靜地等著主人，老爹躍上馬，策馬奔馳穿過田野。

一個鐘頭之後，他又看見兩名普魯士騎兵，肩並肩策馬歸營。他朝他們騎過去，嘴裡用德語喊著：「救命啊！救命啊！」那兩個普魯士騎兵看見他穿軍服，就由著他騎過來，完全沒有戒心，於是老爹像炮彈般從兩個人中間溜過，用刀解決一個，手槍解決了另一個。

他把兩匹馬割了脖子，那是德國馬！之後他悄悄回到石灰窯，把坐騎藏在陰暗地道的底端，脫下軍服，重新穿上那套破爛衣服，回到家上了床，一覺到天亮。

他四天都沒再出門，等待那場偵查結束；第五天，他又出門了，以同樣的手法殺了兩名普魯士士兵。從此，他再也不歇手了，每天晚上在田野中晃盪，找尋機會，這裡殺一個那裡殺一個普魯士士兵，在月光下奔馳在空曠無人的田野上，獵殺落單的騎兵。事情幹完了，任憑屍體橫陳在大路邊，老騎士就回到石灰窯，把馬和軍服藏在裡面。

每天中午，他悠閒地帶著燕麥和清水去餵藏在地道裡的馬，馬的職務重大，他把牠餵得飽飽的。

但是，在被審判的前一夜，他攻擊的兩名士兵當中，有一個已有戒備，拿刀砍傷了老爹的臉。

但他還是把那兩個士兵都殺了！又回去藏好馬，換回破爛衣服，但是回到家時，一陣虛弱，拖著身子走到馬廄，已在無力氣走回屋子裡。

他被人發現渾身是血躺在稻稈上……

*

他說完之後，突然抬起頭，昂然看著那些德國軍官。

上校捻著鬍子，問他：

「您沒其他的話要說了嗎？」

「沒啦，帳算清了：我殺了十六個，一個不多，一個不少。」

「您知道自己就要死了嗎？」

「俺沒要求您赦免。」

「您當過兵嗎？」

「當過，俺以前打過仗。而且，是你們殺了俺爹，他是一世皇帝手下的士兵。還要加上，你們上個月還在埃夫勒（Evreux）附近殺了俺的小兒子弗朗索。俺欠你們的，現在還了。兩不相欠。」

軍官們面面相覷。

「八個抵俺爹，八個抵俺兒子，帳算清了。俺原本沒想殺你們的，俺！俺又不認識你們！俺連你們從哪兒來的都不知道，你們就這樣住到了俺家，活像在自己家裡一樣發號施令。俺只是把仇報到他們身上，俺一點也不後悔。」

他挺直關節變硬的上身，以一種謙虛英雄式的姿態把兩臂插在胸前。

普魯士軍官們低聲商量了很久，其中一位上尉，也在上個月失去了自己兒子，因而替這個崇高的窮老爹說情。

上校站起來，走到米龍老爹身旁，低聲說：「聽好，老頭子，或許有個辦法饒您一死，那就是……」

但是老爹聽也不聽，兩眼直直瞪著戰勝軍的軍官，風吹動他頭頂上稀疏的頭髮，他帶著刀疤的瘦削臉龐做了個恐怖的怪樣子，鼓脹著胸膛，然後盡全力在普魯士上校臉上吐了一口口水。

氣急敗壞的上校揚起手，老爹又朝著他的臉吐了第二次口水。

所有的軍官都站起來，高聲下著同一個命令。

不到一分鐘，始終鎮定如常的老爹被推到牆邊，他朝著以驚恐表情看著他的長子約翰、媳婦、兩個孫子微笑，然後被槍斃了。

鬍子

梭勒城堡，一八八三年七月三十日星期一

我親愛的露西，沒有任何新鮮事發生，我們終日待在客廳裡看著窗外的雨，天氣這麼壞，沒辦法出門，我們只好在家裡演演話劇自娛。喔，親愛的，近來那些沙龍話劇的劇本都好愚蠢，都好生硬、粗俗、沉重，裡面的逗趣都像大砲砲彈似的，把整個氣氛搞砸，沒有內容，一點都不自然，既不輕鬆，也毫不高雅。那些作家對世界一無所知，他們完全不知道人們的想法、人們如何說話；我完全能接受他們鄙視我們的用語、信念、待人處事的方式，但無法接受他們不知道這一切。他們玩的那些自以為細膩的文字遊戲、雙關語，其實只能引起那些粗魯的阿兵哥發笑。為了讓我們開懷，他們用的可能是城郊大道上聽來的言詞，在所謂的藝術家咖啡廳裡，他們五十年來重複著大學生程度的相同悖論。

總之，我們在家裡演話劇。因為我們只有兩個女人，我先生只好扮演丫鬟，為此還刮了鬍子。妳一定無法想像，我親愛的露西，這是多大的改變！我幾乎認不出他來了……不管是白天還是夜裡。如果他不趕快再蓄鬍的話，我想可能會紅杏出牆，因為我不喜歡他沒鬍子的模樣。

真的，一個沒鬍子的男人，不再是男人。我不太喜歡大把鬍鬚，總讓人覺得不修邊幅，但是小鬍子，噢小鬍子！是男性魅力不可或缺的。妳絕對絕對無法想像唇上那一小撮毛，是如此賞心悅目……而且增進夫妻情趣。對這一點我可有一大堆心得，但是不敢寫給妳看，只能……小小聲地告訴妳。有些東西，想要找到字詞表達真是困難，而有些無法替代的字眼，一落筆寫下看著就粗俗，讓人難以下筆。何況，這個話題如此隱諱，如此細膩，如此猥褻，必須有一們無止境的科學，才能不落入危險陷阱。

唉呀！若妳真不能懂就算了，但是，我親愛的，試著在字裡行間找找弦外之音吧。

是的，當我看見我先生剃乾淨鬍子的時候，第一件明白的事，就是我絕對不會對彆腳喜劇小生和不留鬍子的教士心動，哪怕是教士中最有魅力的帝東神父也不行！當我稍後和他（我先生）獨處的時候，情況更糟。噢！我親愛的露西，絕對別讓沒鬍子的男人親吻妳，他的吻無滋無味，無滋，又無味！再沒有這柔軟這……辛辣的魅力，沒錯，真正的吻所帶的辛辣。鬍子就是它的辣椒。

想想看，嘴唇上貼著一個光滑乾燥……或濕潤的羊皮紙，這就是刮淨鬍子的男人的吻，確確實實毫無意思。

妳問我：鬍子的誘惑力是從何而來？我又怎麼說得清楚呢？首先，它以一種撩人的方式搔著妳的皮膚，在嘴之前先接觸到它，全身直到腳趾都感受到一股醉人的顫動。它愛撫、輕搔、顫動著皮膚，引起神經一陣心蕩神馳的顫抖，讓人像突然遇到寒氣，發出一聲低聲的「喔！」

吻在頸間呢！是啊，妳曾體驗過鬍子吻在頸間的感覺？這讓人陶醉又肌肉緊

縮，這感覺沿著背部往下竄，直爬到手指尖上。扭著身子，搖晃著肩膀，頭向後仰，

既想逃躲又想繼續，這感覺既甜蜜又惱人！多麼舒服愉悅！

還有好多呢……，說真的，我不敢往下說了嗎？只要是愛妻子的先生，完全知道如何找出一堆小角落藏他的吻，那些我們自己搆不著的小小角落。哎呀，缺了鬍子的話，這些吻也失去許多滋味，變得幾乎怪異起來！這很難解釋，但對我來說，這是我找到的原因：一個沒有鬍子的嘴唇，就像一個沒穿衣服的身體；身上總是要有衣服，就算穿很少也行，但一定要有！

造物主（我現在說到宗教這種事，都只敢用這個字眼），造物主費心地在我們肉體上所有性愛的角落蒙上一層紗。一個光禿禿沒鬍子的嘴，在我眼裡，就像一座人們前來飲水、休憩的噴泉，四周圍繞的樹林都被砍光了。

這讓我想到一句話（一個政治人物說的話），這句話在我腦海中已經盤旋了三個月。我先生每天看報紙時事，有一天晚上唸了這段我們農業部長──梅林先生──發表的談話給我聽，他是否已經下台，被別人取代了嗎？我無從得知[13]。

我並沒專心聽時事，但是這個名字──梅林，令我印象深刻。不知為什麼，這

名字讓我聯想到波希米亞生活[14]中的片段，梅林好像是書中一個女工的名字，我還以為是她呢，這本書中好多枝節片段還深印在我腦中。所以啦，梅林先生對亞眠(Amien)市民演說的那句話，我一直試著找出它的意義：「沒有農業，就罔談愛國主義！」這句話的意義，我剛才領悟到了，而我也要宣布：沒有鬍子，就罔談愛情。這句話聽起來有點荒唐，不是嗎？

沒有鬍子，就罔談愛情！

「沒有農業，就罔談愛國主義」，梅林先生如是說；這位部長說的真有道理，我現在瞭解他了！

從任何角度來看，鬍子都是不可或缺的，它決定人的面相，讓人看起來或溫柔、或親切、或殘暴、或凶神惡煞、或安逸享樂、或霸氣十足！那種留一大把鬍鬚

13 譯註：梅林先生(Jules Méline, 1838-1925)，莫泊桑寫這篇文章時，梅林先生才剛上任農業部長幾個月時間，之後一直就任至一八八五年。

14 譯註：影射的是當時非常流行的一本書《波希米亞生活剪影》(Scènes de la vie de bohème)，書中女主人翁叫做咪咪和梅塞，所以讓人聯想到梅林。

的男人，臉頰上冒著一大堆毛（喔！這字真刺眼），臉都被蓋住，就完全看不出細緻的表情，然而，懂得觀察的人，會從兩腮和下巴的動作看出很多端倪呢。

蓄小鬍髭的男人則是維持著整齊的外貌，也同時保持面部的細緻表情。

這些小鬍子的花樣萬千呢！有的彎翹、捲曲、時髦。蓄這種小鬍子的人似乎最喜歡的就是女人！

有的細細長長，尖的像針，帶著威脅性，蓄這種小鬍子的人愛好美酒、馬匹和戰鬥。

有的濃密往下垂，看來有點駭人，蓄這種小鬍子的胖子通常掩飾了自己的極佳的個性，脾氣好到簡直算是弱點了，溫柔的程度接近害羞。

再加上，我之所以喜愛小鬍子，首先是因為它是法國式的，正統法國式，是我們高盧祖先留下的，向來代表我們國家的特色。

小鬍子虛張聲勢、風流倜儻、先發制人，它微微沾到葡萄酒裡，微笑時高雅迷人；至於那些遮蓋著大鬍子的兩腮，不管做什麼都只讓人覺得笨重。

啊，我想起一件讓我流乾眼淚的事，現在想起來，那也是讓我深深喜愛男人唇上的小鬍子的原因。

那是在戰時，我那時還未出嫁，住在爸爸的城堡裡。有一天，城堡附近發生交鋒槍戰，從早上開始就聽見大砲和槍聲，到了晚上，一個德軍中校進了我家，過了一夜，次日又走了。有人前來通知我父親，田野上很多死屍，他派人把屍體撿起帶回來，要把它們全部埋在一起。屍體一個個抬回來，排列在城堡松樹大道的兩側，因為屍體開始發臭，大家把泥土蓋在上面，等著埋屍體的大坑挖好。排在地上的屍體只看得到頭部，就像只有頭部露出地面，屍體的臉像泥土一樣蠟黃，眼睛閉著。

我想去看看屍體，但是一看到兩邊各一長排恐怖的軀體，還以為自己會受不了，我仔細一一檢視，試著想像他們生前是怎麼樣的人。

他們身上的軍服都被土蓋住掩埋，但是，我親愛的，我一瞬間就能認出哪些是法國士兵，因為他們的小鬍子！

有些是交鋒當天刮的鬍子，就像到生命最後一刻都要重視儀表光鮮！但是他們的鬍子還是多冒出了一些，因為妳知道，人死之後鬍子還會繼續長。也有一些蓄著八天的鬍子；但是所有人都蓄著法國式的小鬍子，很明顯，那驕傲的小鬍子似乎在說：「別把我們和旁邊那些普魯士大鬍子搞混了，小女孩，我們是妳兄弟。」

然後我就開始哭，就算我認識生前的他們，或許也不會哭得這麼厲害，這些可憐的陣亡者。

我不該說這個的，現在我覺得好悲傷，無法再聊下去了。再見了，我親愛的露西，我全心擁抱妳。鬍子萬歲！

珍娜

決鬥

戰爭結束了，德軍佔據了法國，全國上下倉皇顫動，如同被打敗的角力者跌跪在戰勝者的腳下。

復駛後的幾班先發列車從恐懼、飢餓、絕望的巴黎[15]出發，緩緩穿過田野和鄉村，朝著新界定的國境駛去。復駛後的第一批旅客，注視著窗外殘敗的田野和燒毀的小村。在那些還沒傾倒的房屋前面，普魯士士兵戴著黃銅尖頂的黑色頭盔，跨坐

15 譯註：一八七〇年九月至一八七一年一月之間，被普魯士軍隊包圍的巴黎像一座孤島，所有火車交通都中斷。

在椅子上抽著菸斗；也有些普魯士士兵幹著活，聊著天，儼然是那戶人家的一員似的。列車行駛過城市時，他們看見整團整團的德國兵在城中廣場上操練，儘管火車車輪喧囂，依然能聽見傳來陣陣響亮的口令。

杜畢先生在巴黎被圍城的整個時期當中，一直是國民自衛隊的一員，謹慎起見，敵人入侵之前，他早已將妻女送到瑞士，現在要去瑞士和她們相聚。

圍城中的饑荒和疲憊並沒有使愛好和平的富商杜畢先生的大肚腩變小一點，他的確也經受過一些恐怖的事件，帶著悲痛的委曲求全和對野蠻殘忍的人性的唏噓；雖然他在寒冷夜裡也巡守過城牆，但現在戰爭結束，他到了國界，才第一次看到普魯士軍人。

他氣憤驚恐地看著這些帶著武器的大鬍子士兵，像在自己家一樣安頓在法國土地上，感覺心中蠢蠢欲動著一股無能為力的愛國熱情，卻同時也感受到這好漢不吃眼前虧的謹慎本能，這本能雖是新近才產生，不過一旦上身，就再也擺脫不去。

列車包廂裡，有兩個想前來親眼目睹戰爭情況的英國人，睜著平靜而好奇的眼睛注視著一切。這兩個英國人也是胖子，正用他們的語言聊著天，時而高聲讀著手上導遊書的內容，努力辨識書上所寫的地點。

突然，列車停靠在一個小城的車站，一個普魯士軍官上了車，腰間長長的佩刀在車廂兩級踏板上撞擊出巨大聲響。他身材高大，裹在緊緊的軍服裡，滿臉鬍子都快長到眼睛了，紅色的鬍鬚像著了火似的，上唇垂下的鬍鬚顏色比較淡，好像把臉斜斜切成兩半。

兩個英國人帶著好奇的微笑盯著他看，杜畢先生卻假裝讀著報紙，縮在角落，好像小偷看到警察似的。

火車又開動了，兩個英國人又開始聊，一邊繼續找尋著昔日打仗交鋒的確切地點。當其中一個英國人舉起胳臂指著遠方一個村子時，普魯士軍官突然伸長雙腿往後仰著，用德國腔的蹩腳法語說道：「窩在那小鎮殺了十二個，窩還俘虜了一百多個。」

兩個英國人立即興致高漲，問道：

「喔！這小鎮叫什麼名字？」

普魯士人回答：「法爾斯堡。」

他接著說：「窩揪著那些法國小鬼的耳朵。」

他瞧著杜畢先生，驕傲地聳著鬍子笑著。

火車往前行，不斷經過被德軍佔據的小村莊，沿路都看到德國士兵，在田邊、站在柵欄邊、或是在咖啡館裡閒談，他們鋪天蓋地佔據著國土，就像非洲蝗蟲一樣。

德國軍官伸直手臂說：

「要是窩當司令，早就攻下巴黎，那就通通燒掉，通通殺掉。不會再有法國！」

兩個英國人禮貌地回答：「喔，是啊。」

他繼續說：

「二十年之後，整個歐洲，一整個，都會屬於我們。普魯士，比誰都強大。」

英國人感到有點不安，不再回應，兩人臉上毫無表情，像蠟製的臉夾在長長兩道連鬢鬍中間。這時候，普魯士軍官笑了起來，身體朝後仰坐著，冷嘲熱諷開起玩笑來。他嘲諷被打敗的法國，侮辱已倒在地上的敵人，嘲笑之前打敗的奧地利人，嘲弄法國各省激烈卻無效的抵抗，譏笑被徵調的法國國民防護隊和無用的炮隊。他聲言俾士麥（Bismarck）將用那些奪來的炮建立一座鐵城。說到最後，他突然把長統靴貼到杜畢先生的大腿上，杜畢先生避開眼光，整個臉紅到了耳根。

兩個英國人這時像變得對任何事都漠不關心，好像突然關到自己的島國，遠離世界喧囂。

軍官抽著菸斗，眼睛盯著對面的法國人：

「您沒有菸草嗎？」

杜畢先生回答：

「沒有，先生。」

德國軍官又說：

「待會兒車挺的施後，麻反您去買菸草來。」

他又笑起來：

「窩會給您小費。」

火車嗚嗚響，減低速度，駛近一座被火燒毀的車站，然後完全停住。

德國人打開車廂門，抓住杜畢先生的胳臂：

「快去替我抛腿買菸草，快，快！」

車站裡已經有一隊普魯士士兵駐防，另外一些士兵隔著月台木柵欄看著。火車已鳴笛準備開車了，杜畢先生突然往月台一躍，不管月台上站長的阻擋手勢，連忙跳到下一個車廂裡。

＊

他終於獨自一個人了！心蹦蹦跳地厲害，他打開背心，擦著額頭上的汗，氣喘吁吁。

列車又停靠在下一個車站，德國軍官突然出現在車廂門口，走上了車廂，後面跟著那兩個被好奇心驅使而來的英國人。德國軍官坐到杜畢先生對面，還是一直笑著：

「您剛才不腰替我拋腿。」

杜畢先生回答：

「我不要，先生。」

列車又開動了。

軍官說：

「那窩就割您的鬍子來裝窩的菸斗。」

他的手伸向對面的杜畢先生臉上。

兩個英國人始終面不改色，目不轉睛地看著。

德國軍官抓了一把鬍子，開始拔起來，杜畢先生一反手撥開他的手臂，抓住他的領子，把他推倒在座位上。杜畢先生氣得發狂，太陽穴鼓脹，眼裡充滿了血，一隻手始終掐著對方脖子，另一隻手握成拳頭，狠命往對方臉上打個不停。普魯士軍官掙扎著，試著想拔身上的佩刀，試著抓住壓在自己身上的對手，但是杜畢先生的大肚子壓得他無法動彈，拳頭不停打著打著，連氣都不換一口，也不知打到什麼部位，反正就一氣亂打。血流出來了，脖子被勒住的德國軍官乾喘著氣，吐出被打掉的牙齒，掙扎著，奮力想掙脫壓在身上對他亂打的那個瘋狂胖子。

兩個英國人站起來，靠近來想看清楚一點，他們站在旁邊，充滿歡喜和好奇，幾乎想要賭哪一方會打贏了。

突然，杜畢先生打得筋疲力盡，直起身子，一言不發坐回座位上。

普魯士軍官並沒有向杜畢先生撲過來，而是愣住了，又驚又呆又痛，喘過氣回過神之後，他說：

「如果您不用手槍和窩正面對決，窩就宰掉您。」

杜畢先生回答：

「只要您願意，我隨時候教。」

德國軍官接著說：

「前面就到史特拉斯堡（Strasbourg）了，窩會找兩個軍官當公證人，在火車再出發之前，來得及的。」

像火車頭一樣氣喘吁吁的杜畢先生問兩個英國人：

「您兩位願意做我的公證人嗎？」

兩個英國人齊聲回答：

「喔，yes ！」

火車停靠站了。

在一分鐘之內，普魯士軍官找來兩名同胞，帶來手槍，他們一行人走到城牆邊。

兩個英國人不停掏出錶來看，加快腳步，催促準備工作，深怕趕不上等會兒要繼續上路的火車。

杜畢先生從來沒握過手槍。他被牽到對決對手二十步外，大家問他：

「您準備好了嗎？」

他回答：「準備好了，先生。」看見兩個英國人其中一個撐開傘遮陽。

一個聲音發出命令：

「開槍！」

杜畢先生沒等瞄準，信手開了一槍，驚愕地看見站在他對面的那個普魯士軍官搖晃了一下，伸起雙臂，然後直挺挺面朝地倒下。他打死了他。

其中一個英國人喊了聲「喔」，聲音裡充滿喜悅、滿足的好奇心、歡欣的急躁。另一個英國人一直拿著錶看，此時抓著杜畢先生的手臂，拉著他快步走回火車站。

第一個英國人手握著拳，雙臂夾緊身體，一邊跑一邊數：

「二！一、二！」

他們三個挺著肚子排成一排朝前跑，就像滑稽報紙上的漫畫人物。

列車又開動了，他們跳上剛才的那節車廂。兩個英國人摘下他們的旅行小帽子，高舉在手上揮舞，大聲喊了三次：

「Hip, hip, hip, hurra！」

然後，他們莊重地向杜畢先生伸出右手相握，之後兩個人便挨著坐到自己的角落去了。

政變

巴黎才剛得知色當戰役 (Sedan) 的敗績，共和國才剛宣布成立，整個法國亂糟糟喘不過氣，從戰亂開始一直到成立公社之後，整個國家都在玩當兵打仗的遊戲。

原來的織品商人成了上校，像將軍一樣指揮大局，圓潤富泰的大肚子圈著紅色腰帶，上面插著手槍和匕首；以前做生意致富的小商人因為機遇，搖身一變成了戰士，指揮著一營又一營吵吵鬧鬧沒紀律的志願兵，為了顯示威風，像車夫一樣大聲叫罵著。

光是手握著武器，擺弄著衝鋒槍，就足以讓這些以前只拿過桿秤的人血液沸騰，使他們沒來由地變得對誰都兇狠。他們為了證實自己能殺人，就處決一些無辜的人，他們在那些還沒被普魯士軍隊蹂躪的鄉村小鎮晃過來晃過去，槍殺遊蕩的狗、安靜吃草的牛、在草場上放牧的病馬。

人人都自以為受召在軍事上扮演一個重要的角色，連最荒僻的小村裡的咖啡館都儼然成了軍營或急救站，擠滿了穿上軍服的小商人。

加納鎮還不知道有關軍隊和首都那些令人吃驚的新消息，但一個月來已經被攪和得動盪騷亂，敵對的派別已成面對面對峙狀態。

鎮長瓦納多子爵個子瘦小，年紀已大，因為野心，不久前才加入擁護帝國的正統派；現在突然冒出了一個強勁對手——馬薩爾醫生，一個紅光滿面的胖子，他是本區共和派的首領、縣城共濟會的會首、農業協會會長、消防隊年度聚會主席、保衛地方的民衛團組織人。

十五天以來，他想辦法找來了六十三名保衛鄉土的義勇民兵，都是些有妻室兒女的男人、謹慎的農民、鎮上的小商人，每天早上在鎮公所前廣場上進行操練。

當鎮長偶然到鎮公所時，看見馬薩爾司令配著手槍，手裡拿著軍刀，神氣十足地走在他召來的兵團前面，讓那些人拉著嗓子吼著：「祖國萬歲！」大家都意識到這吼聲讓矮小的子爵滿心怒火，他無疑認為這是個威脅、示威，也是大革命慘痛的回憶。

九月五日那個早晨，穿著軍服的醫生，手槍放在桌上，正在替一對鄉下老夫婦看病，丈夫得了靜脈曲張的毛病已七年，一直拖著等太太也靜脈曲張才一起前來看病。此時郵差送報紙來了。

馬薩爾先生打開報紙一看，臉刷一下變白，猛然站了起來，興奮地朝天舉起雙臂，在嚇呆的鄉下老夫婦前放開嗓門叫道：

「共和國萬歲！共和國萬歲！共和國萬歲！」

他坐回扶手椅上，激動得快昏倒了。

鄉下老漢接著說他的病狀：「剛開始像是螞蟻沿著腿一直爬。」馬薩爾醫生喊道：

「別來煩我，我可沒時間聽您的傻話。共和國宣布成立了，皇帝被囚禁，法國得救了。共和國萬歲！」他跑到門邊，大吼：「塞莉絲特，快來，塞莉絲特！」

女僕驚惶地跑過來，他說得飛快幾乎口齒不清起來。

「我的靴子、軍刀、子彈夾，還有放在床頭桌上的西班牙匕首，快去拿來！」

鄉下老漢趁著一時安靜，固執地繼續說：

「後來變成像一個腫囊，走路就會痛。」

醫生生氣地怒吼：

「別來煩我，見鬼了，如果您好好兒洗腳，就不會得這病了。」

他抓住老漢的領口，衝著他的臉大喊：

「你不知現在已經是共和國了嗎，大傻瓜？」

但是他的職業感立刻讓他冷靜下來，他把驚愕不已的老兩口推出門，嘴裡不停說：

「明天再來，明天再來吧，我的朋友，今天我沒時間。」

他一邊把整身穿戴起來，一邊對女僕下了一連串緊急命令：

「快跑去畢卡特中尉和波梅少尉家，告訴他們，我在這兒等他們立刻前來。也快去叫杜須博把鼓帶來，快去，快去！」

塞莉絲特出門之後，他就靜思默想，盤算如何應付情勢中的困難。

他吩咐的那三個人一起來了，身穿工作服，本以為他們會穿著軍裝前來的司令，看見他們的穿著，驚跳起來。

「天啊，你們竟然什麼都不知道？皇帝被囚禁了，共和國宣布成立，該行動了。我的地位很敏感，甚至可說很艱難。」

面對下屬驚愕不解的臉，他考慮了幾秒鐘，之後說：

「必須要行動，不能遲疑，值此關鍵時刻，幾分鐘就代表幾個鐘頭，一切都取決於果斷迅速的決定。畢卡特，您去找神父，讓他敲鐘召集群眾，我有話對他們宣布。杜須博，您去整個地區敲鼓，直到傑西賽和撒爾瑪那裡，讓所有民軍聚集到廣場上。波梅，您快去穿上軍服，軍袍軍帽穿戴好就行。我們一起去佔領鎮公所，讓瓦納多先生把位子交出來，聽懂了嗎？」

「是。」

「快點動作。波梅，我陪您到您家裡去，之後我們要一起行動。」

五分鐘之後，這位司令和他下屬全副武裝來到廣場上，正在這時候，矮小的瓦納多子爵從另一條街走過來了，腳上綁著綁腿，肩上荷著獵槍，像要去打獵似的，身後跟著三名侍衛，穿著綠色制服，腿上掛著刀，斜背著槍。

醫生錯愕地停下來的時候，那一行四個人走進了鎮公所，關上了門。

「措手不及，」醫生嘟囔著說：「現在必須等援兵，一時三刻裡什麼都做不了。」

畢卡特中尉出現，說道：

「神父不肯服從，他甚至和教堂執事、守門人一起關在教堂裡。」

廣場另一邊，面對著緊閉的鎮公所白色建築，黑色而沉默的教堂緊閉著那鑲著鐵條的橡木大門。

好奇的居民鼻子貼著窗戶，或是直接站到家門口看，此時突然響起鼓聲，杜須博出現了，使勁地敲著以短促三聲為節奏的召集鼓聲，他抖擻地穿過廣場，消失在田間小路上。

司令拔出軍刀，隻身向前，走到距離兩座被的人盤據著的建築中央的地方，他在頭上揮舞著軍刀，使盡肺部所有的力量喊道：

「共和國萬歲！叛徒則死！」

之後，他朝著他手下的軍官退回來。

肉店、麵包店、藥房老闆都很擔心，闔上護窗板關了店門，只有雜貨店還開著。民團的人慢慢到了，穿著自己的各式衣服，但都戴著鑲有紅飾帶的黑色軍帽，只有軍帽顯示出他們是同一個團體。他們攜著生鏽老舊的槍枝，這些槍三十年來都掛在廚房壁爐上沒動過，一堆烏合之眾看起來真像鄉下看守森林的人。

等到周圍大約聚集了三十多個人，司令簡單幾句話向他們交代了事件情況，轉身對他的參謀說：「現在要行動了。」

居民們也圍攏過來，端詳著議論著。

醫生很快擬定了作戰計畫：

「畢卡特中尉，您前進到鎮公所窗戶下面，以共和國之名，勒令瓦納多先生把鎮公所交給我。」

原本是水泥師傅的中尉一口拒絕：

「您可真狡猾呀，您。要讓我去挨槍子，謝謝不必了。您知道，裡面那些人的槍法很準，不如您自己去執行這任務吧。」

司令氣得臉脹紅：

「我以軍紀的名義命令你去。」

中尉反抗地說：「我才不想莫名其妙送命。」

圍在一旁居民中有身分地位的人們笑起來，其中一個嚷道：

「有道理，畢卡特，現在不是送命的時候！」

醫生嘟囔著說：

「一群懦夫！」

他把軍刀和手槍交給一名士兵，緩步向前，一隻眼盯著窗戶，提防從窗戶伸出一個砲管對準他。

走到離鎮公所建築物幾步遠的地方，鎮公所最兩旁通向兩間學校的大門打開了，湧出一堆小孩，男校一邊，女校一邊，男孩女孩衝出來，在空曠的廣場上玩耍、吵鬧，像一堆聒噪的鵝圍在醫生周圍，害他講什麼都沒人聽得見。

所有的學生都出來之後，那兩扇門又關上了。

等大半孩子終於散去，司令大聲喊道：

「瓦納多先生？」

二樓一扇窗戶打開，瓦納多先生出現在窗邊。

司令接著說：

「先生，您知道發生了一些重大的事件，政府已改朝換代，您所代表的政黨已不存在，而我所代表的政黨現在掌了權。在這種艱難但無庸置疑的情勢下，我以新共和政體的名義，要求您將之前政體制度下執行的職權轉交與我。」

瓦納多先生回答：

「醫生先生，我是加納鎮的鎮長，是由法定的上級機關任命的，在接到我的上級將我撤職、代換的人事命令之前，我就是加納鎮的鎮長。既然身為鎮長，我自然繼續待在鎮公所裡，否則您試試把我驅離吧。」

他說完就關上窗戶。

司令回到自己的軍團，在說話之前，先把畢卡特中尉從頭到腳打量了一番：

「您膽子倒不小，精明得很啊，真是軍隊之恥，我要降您的級。」

中尉回答：

「我也不怎麼在乎。」

他走去混在交頭接耳的居民群裡。

醫生猶豫了，怎麼辦呢？進攻嗎？但這些手下成得了事嗎？再說，他有這個權利嗎？

他突然想到一個好主意，跑到廣場另一頭，鎮公所對面的電信局，發出了三份電報：

一份致電給共和政府巴黎成員們；

一份致電給盧昂的下塞那省的共和政府新任省長；

一份致電給迪耶普新上任的共和政府區長。

他在電報裡說明情勢，訴說目前仍由君主政權時期的鎮長掌權的危險，鋪陳自己的忠誠赤膽，請求給予任命，簽名之餘還加上自己所有的頭銜稱號。

他回到自己的軍團裡，從口袋裡掏出十法郎，說：「拿著吧，弟兄們，去吃喝一頓，這兒只要留下一個十人小分隊，確保任何人不踏出鎮公所。」

卸職的畢卡特中尉正在一旁和鐘錶匠聊天，聽到這話譏笑著說：「天知道，如果他們出來，才有進去的機會啊，要不然，我想不到您怎麼進去呢，我！」

醫生不回答，逕自吃飯去了。

下午，他在整個鎮郊四周佈署了崗哨，就像小鎮遭到突擊的威脅似的。他好幾次走過鎮公所和教堂門口，沒發現任何可疑動靜，兩棟建築物就像空著沒人一樣。

肉店、麵包店、藥房又重新開了店門。

大家在家裡議論紛紛，倘若皇帝被囚禁，一定是出現了叛徒，誰也不知道緊接而來的到底是什麼共和政體。

夜色降下。

將近九點鐘時，醫生獨自一人不聲不響地靠近鎮公所的門口，認定敵手已回家睡覺了；當他正想揮十字鎬敲開大門時，一個守衛洪亮的聲音突然問道：

「誰在那兒？」

馬薩爾先生拔腿就往回跑。

天亮了，僵持的情況一點兒也沒有改變。

武裝的民團佔據廣場，所有居民聚集在民團四周，等待一個結果。四周鄰村的人也趕來看熱鬧。

醫生明白這一戰事關他的聲譽，決定無論如何要放手一搏；他正熱血沸騰要採取措施時，電報局的門開了，局長的小女僕走出來，手裡拿著兩張紙。

她先走到司令面前，把一份電報交給他，然後穿過空蕩的廣場，大家的眼睛都盯著她，她膽怯地低下頭小步快走，到門禁森嚴的鎮公所門上輕輕敲一聲，直好像她不知道裡面藏了一支軍隊。

門開了一條縫，一隻手接過電報，小女僕走回來，被整個鎮的人這樣盯著，讓她滿臉通紅都快哭出來了。

醫生以顫抖的嗓音說：

「請大家安靜一點。」

等老百姓們安靜下來，他得意洋洋地接著說：

「這是我收到的政府通知。」他舉起電報，讀道：

原鎮長免職。請先考慮最緊急之事。其他指示後續會到。

致共和政府區長，

省議員薩班

他勝利了，心臟欣喜狂跳，手興奮地發抖；但原先的下屬畢卡特從旁邊一群人中朝他喊道：

「這一切都很不錯，但是如果鎮公所裡面那些人不出來，您收到的紙也不會把您送進去啊。」

馬薩爾的臉一下刷白。的確，如果裡面那些人不出來，他得進攻才行，這不只是他的權利，也是義務。

他焦慮地盯著鎮公所大門，希望會看到門打開，對手撤出來。

門一逕關著，該怎麼辦？人群愈集愈多，團團圍住了民團，大家都嘻嘻笑著。

醫生腦中有一個考慮最令他舉棋不定：他若是發動進攻，勢必得領在隊伍前面，他萬一死了，一切的爭議皆休，因此瓦納多先生和他三個衛兵一定瞄準他一個人，而且他們槍法很準，畢卡特剛才還再次說過。他突然靈機一動，轉過身對波梅說：

「快去麻煩藥劑師借我一塊布巾和一根棍子。」

中尉火速執行命令。

他打算製作一面談判的旗子，一面談判的白旗，正統派的舊鎮長看到白旗，或許會滿心歡喜。

波梅拿著白布巾和一根掃把柄回來，大家用繩索綁製了一面旗，馬薩爾先生兩手握著旗桿在身前，重新走向鎮公所。他走到門時，嘴裡正喊著：「瓦納多先生。」門突然打開了，瓦納多先生和他三名衛兵出現在門口。

醫生本能地朝後退了一步，然後有禮地向對手致意，激動地啞著嗓子說：「先生，我來告知您我收到的指令。」

鎮長沒回他禮，回答說：「我引退，先生，但請您不要誤會，這不是因為害怕，也不是服從這個篡奪政權的卑劣政府的命令。」他一字一字清楚地說：「我只是不想大家以為我替這個共和體制服務，哪怕一天也不行，如此而已。」

馬塞爾錯愕之中沒有回答。瓦納多先生快步走開，消失在廣場一角，身後一直跟著他的侍從。

醫生驕傲若狂，反身走向群眾，一走到群眾聽得到他聲音的地方，就喊道：

「哇！哇！共和國全面大勝！」

沒有人顯出激動的樣子。

醫生接著喊道：「人民自由了，你們自由了，獨立了。我們以此為傲！」

麻木的鎮民們看著他，眼神並沒有燃起任何榮耀的火花。

現在換他盯著他們看，對他們的漠然感到憤慨，搜索枯腸想想可以說什麼讓他們振奮起來，刺激一下這平靜的鄉鎮，完成他鼓動民心的任務。

他靈光乍現，轉過身對波梅說：「中尉，去把那下了台的皇帝的半身雕像找來，就在鎮議會的議會廳裡，把它拿來，順便帶張椅子上過來。」

波梅很快就回來，右肩扛著拿破崙石膏塑像，左手拎著一張稻草座墊椅子。

馬塞爾趕過去，接過椅子擺在地上，把白色雕像放在椅子上，退後幾步，對著雕像洪亮地說：

「暴君，暴君，你現在倒台了，倒在爛泥之中，栽到了泥漿裡，奄奄一息的國家曾在你的皮靴下喘息，而今復仇的命運之神將你打倒，你逃不開潰敗和恥辱，你戰敗而倒下，成為普魯士的禁囚，而在你傾滅帝國的廢墟之上，綻放出年輕光輝的共和國，拾起你的斷劍……」

他等著眾人鼓掌歡呼，但是沒聽到一點歡呼聲，也沒有鼓掌，那些嚇傻了的農民們一聲不發。塑像上鬍子翹得超出了兩腮，一動也不動，頭髮梳得像理髮店招牌上一樣僵直，帶著石膏僵硬抹不去的嘲諷微笑看著馬塞爾先生。

他們倆就這樣面對面，拿破崙在他的椅子上，醫生隔著三步距離站在對面。司令一陣憤怒，該怎麼做？該怎麼感動群眾，一舉贏得民意的勝利呢？

他的手不經意地放到肚子上，摸到插在紅腰帶上的手槍槍柄。

他再也想不出新點子、新話語，於是拔出手槍，往前兩步，近距離對著舊君主轟了一槍。

子彈在前額上鑽出一個小黑洞，像個小黑點，幾乎看不到，根本沒達到效果。馬塞爾先生又開了一槍，又打出一個洞，然後第三槍，之後連續把剩下的三發子彈都射出了，拿破崙的額頭上揚起一片白灰，但一雙眼睛、鼻子、鬍子的尖角都完好無損。

醫生這時氣急敗壞，一拳打翻椅子，一腳踩在半身塑像上，以勝利者的架勢轉頭看著驚呆的群眾，大聲吼道：「所有的叛國賊都是這個下場！」

眾人沒有任何激動熱忱的反應，好像全都驚嚇得愣住了，司令只好對民團弟兄吼道：「你們現在可以解散回家了。」他自己則朝著自家大步走去，像逃走似的。

他一到家，女僕就告訴他，病人在診間等了三個多鐘頭了。他跑到診間，是那兩個患靜脈曲張的鄉下老夫婦，他們今天剛天亮就又來了，固執而耐心地等著。

老漢立刻開始解釋他的病狀：「剛開始像是螞蟻沿著腿一直爬……」

野蠻大媽

獻給喬治・布榭[16]

I

我已經十五年沒到米爾龍尼爾去了，今年秋天我又去那裡打獵，我朋友塞爾華被普魯士軍對毀掉的城堡終於重建完成。

我非常喜歡那個地方。世界上有一些美麗的角落，讓人一看就受到吸引，心為

16 譯註：喬治・布榭（Georges Pouchet，1833-1894），法國自然主義作家，福樓拜的好友，文化圈裡人脈廣闊，莫泊桑年輕時就受到他的青睞，在雜誌期刊上撰文介紹。

所動。受這個大地吸引的我們，對某些其實不起眼的山泉、森林、湖泊、山丘，也同樣存著溫柔的記憶，只因為一些美好的回憶讓我們對之依戀不忘。甚至有時候，僅僅是森林的一角、一小段河岸、或是一片開滿花的果園，只在之前某個愉快的日子裡偶然瞥見，卻深印在我們心裡，像春日早晨在街上遇見的女子，清新透明的裝扮，讓人的肉體和精神都騷動不已，難以忘懷擦肩而過的幸福感覺。

在米爾龍尼爾，我愛它整個鄉村原野，散布著小樹林，縱橫在地面像血脈的小溪流，運輸著大地的氣血。人們在溪流裡抓蝦、釣鱒魚、捕鰻魚！無比的幸福！有些河段可以游泳，細流小溪邊長得高高的草叢裡時常可看到沙錐鳥。

我身手輕快像隻山羊般往前，看著我的兩隻獵狗在我前方這裡嗅嗅那裡翻找，在我右手邊百公尺外的塞爾華正在苜蓿田裡搜索獵物。我繞過充當索特樹林邊界的灌木叢，就看見一座茅草屋頂農舍的廢墟。

突然，我記起在一八六九年曾最後一次看見這座農舍，那時它乾乾淨淨，覆蓋著葡萄藤，門前好幾隻雞。還有什麼比一座死寂的、只剩下殘骸的破爛房舍更淒涼而令人痛心的呢？

我也記起，有一天我筋疲力盡，這戶人家的農婦請我進農舍裡喝了杯葡萄酒，塞爾華因而對我談到那戶人家的故事。老婦人的丈夫以打私獵維生，早被保安隊打死。她的兒子——我曾見過——是個高大乾瘦的男孩，據說也是個打野味的高手。大家叫他們一家「索瓦居」（「野蠻」）。

這是他們的姓氏，或是綽號呢？

我遠遠叫喚塞爾華，他踏著鷺鷥般的長腿走過來。

我問他：

「住在這裡的那戶人家怎麼了？」

於是他向我敘述了下面這段故事。

II

戰爭爆發之際，三十三歲的野蠻兒子留下母親一個人，從軍去了。大家倒不怎麼可憐她，因為她有錢，這大家都知道。

她一個人獨自住在這離村子很遠、挨著樹林邊的荒僻農舍裡。她並不害怕，她和丈夫兒子是同一款人，一個強悍的老婦，又高又瘦，不太常笑，誰也不敢和她開玩笑。再說，農家婦人根本不太笑，笑是男人家的事情！她們心境晦暗狹窄，生活陰鬱毫無光亮。農家男人們在小酒館學到一點熱鬧快活，但家裡老婆卻永遠一臉嚴峻保持嚴肅，她們臉上的肌肉沒學過笑這個動作。

野蠻大媽繼續在茅草屋頂農舍裡過著尋常生活，過了不久，茅草屋頂上蓋了一層白雪。她每周到村子裡去一次，買麵包和一點肉，然後又回到茅舍。鄉野裡據說有狼出現，她出門就背枝槍，那是她兒子的槍，已經生鏽了，槍柄也因久用而磨損了。她那個樣子看起來還真古怪，高大的野蠻大媽，稍駝著背，在雪地裡慢慢跨著大步往前，背上的槍竿子超過了頭，頭上緊緊包著一塊黑布，攏住一頭從沒人讓人見過的白髮。

一天，普魯士的軍隊到了，士兵被分派到居民家吃住，每戶按照財產和收入而決定接待幾名士兵。大家都知道這老太婆有錢，她家分到四個大兵。

那是四個胖胖的年輕人，身上毛髮是金黃的，鬍子是金黃的，眼珠是藍的，儘管受盡辛苦疲累，仍然胖乎乎的，雖然在這被自己國家征服的國家裡，依舊乖順有禮。他們四個到了老太太家裡，都盡心盡力，盡量讓她少些勞累少些花費，大家看見他們四個每天早上在井邊梳洗，僅穿著襯衫，冰冷的大雪天裡還打井水沖洗他們北方漢子白裡透紅的皮膚；野蠻大媽走過來走過去，準備熱湯。大家也看見他們洗廚房、擦玻璃、劈木柴、削馬鈴薯、洗衣服，負責家裡一切粗活，就像圍繞著母親的四個兒子。

但是老太太不斷記掛著自己的兒子，記掛她那高高瘦瘦、鷹勾鼻、棕眼睛、嘴上一圈濃密黑鬍子的兒子，她每天都要一一詢問安置在她家的士兵：

「您知道法國軍隊的二十三步兵團現在在哪兒嗎？我兒子在那一團裡。」

他們用彆腳的法語回答：「不茲道，完全不茲道。」他們明白她的牽掛和憂慮，他們自己的媽媽也留在祖國，所以他們盡量小心翼翼體貼著她。其實她也很喜歡這四個敵人，因為鄉下農人並沒有什麼民族仇恨，那是屬於高階層人士的。而這些卑微的人付出的代價最多，因為他們本來就貧窮，任何多加的負擔都會讓他們喘不過氣；因為他們人數眾多，總是被大批屠殺成了真正的砲灰；因為最弱小最無力抵抗，所以是殘酷悲慘的戰爭中最大的受害者；他們不明白好戰者的熱情、激動人心的挑戰，以及那些在半年中無論誰勝誰敗，都把交戰兩方國家拖垮的所謂政治策略。

當地人說起野蠻大媽家的德國士兵，就會說：

「那四個找到了安身之地。」

然而，一天早上，老太太獨自一人在家，遠遠看見平原那兒有個人朝她家走過來，她很快就認出來，那是分送郵件的鄉間郵差。他遞給她一張摺好的紙，她從眼鏡盒裡拿出縫衣服時戴的眼鏡，讀著：

索瓦居太太，本函是要告知您一個噩耗，您兒子維克多昨日被砲彈炸死，人幾乎斷成了兩截，我當時就在他身邊，平時在隊上我們就是肩並肩走在一起的，他跟我談到您，說如果他遭遇不測，要我立即通知您。

我從他口袋裡取出了他的手錶，戰爭結束後將把手錶交給您。

誠摯向您致敬。

第二十三步兵團二等兵 謝塞・席沃

這封信是三個星期之前寫的。

她並沒有哭，一動也不動，打擊太大讓她呆愣住了，甚至還沒感受到痛苦。她想：「現在維克多被殺死了。」而後，眼淚慢慢湧上眼眶，痛苦充塞著心，令人難忍而殘酷的想法一一浮上腦際，她再也無法擁抱他了，她的兒子，她的大孩子，再也抱不到他了！保安隊殺了父親，普魯士人殺了兒子……還被砲彈炸成了兩截，她似乎親眼看見那情景，那恐怖的情景：腦袋垂著，眼睛張開，嘴邊咬著濃密鬍子的尖角，就像他以前發脾氣的時候一樣。

接下來他的屍首怎麼處理呢？會有人把他兒子的屍首運回來嗎？像當初她丈夫額頭留著一顆槍子被運回來？

這時，她聽見說話的聲音，那幾個普魯士士兵從村裡回來了，她趕忙把信藏在口袋裡，趕忙把眼淚擦乾，神態自如平靜地招呼他們。

他們四個笑呵呵的，很是興奮，因為他們帶回來一隻兔子，毫無疑問是偷抓來的，他們對老太太做個手勢，表示有好東西可吃了。

她立刻動手準備午餐，但要殺兔子的時候，她卻下不了手，這可不是她第一次宰兔子啊！四個士兵其中一個，一拳打在兔子耳朵後就把牠打死了。

兔子一死，她就把皮剝了，抽出血紅的肉體。但她看見自己滿手鮮血，感到手上溫熱的血漸漸冷卻凝結，讓她從頭到腳渾身顫抖。她眼前一直看見她那被炸成兩截的大孩子，也是渾身血紅，就像這隻還在她手裡抽搐的動物一樣。

她和家裡四個普魯士士兵一起上桌吃飯，但她吃不下，一口都吃不下。他們狼吞虎嚥吃著兔子，沒注意到她。她一聲不吭偷眼瞧著他們，心裡想好了一個主意，但她臉上不動聲色，他們什麼也沒察覺到。

突然，她問道：「你們住在這一個月了，我還不知道你們的姓名呢。」他們搞了老半天才聽懂她的話，各自報了姓名，但她還覺得這樣還不夠，要他們在紙上寫下自己姓名和家裡住址，然後把眼鏡戴在大鼻子上，仔細看著那些陌生的德文字，她把紙折好放到口袋裡，壓在那封她兒子的報喪信上。

吃完飯，她對那些士兵說：

「我來幫你們幹點活。」

她開始抱著乾草搬到他們睡覺的閣樓去。

他們吃驚她為什麼這麼做，她解釋說這樣他們會比較不冷，於是他們就幫著她一起搬，他們把乾草直堆到天花板，四面牆也都堆了乾草，弄成像個大房間似的，又溫暖又香，一定會睡得香甜。

吃晚餐時，他們其中一個看見野蠻大媽還是什麼都不吃，擔心起來。她說自己有點抽筋，就在壁爐裡燒了旺火，暖和身子。四個德國士兵走上每晚登的梯子，上到睡覺的地方了。

閣樓的活板門一關上，老太太就抽走了梯子，又悄悄打開通往外面的門，出去搬來好多捆麥稈，把廚房也堆滿了。她光著腳走在雪地裡，靜悄悄誰也聽不到，她不時傾聽四個熟睡士兵發出的此起彼落響亮的鼾聲。

當她認為準備妥當了，就拿一綑麥稈丟到壁爐裡，引燃之後，把麥稈分散在其他麥稈堆上，然後走出家門看著。

不到幾秒鐘，一片強烈的火光照亮茅草屋頂房舍整個內部，之後成了一堆駭人的炭火，一個熱騰騰的巨大火爐，閃爍的火光竄出窄小的窗戶，照得雪地紅通通。

隨後，屋頂傳出一聲尖叫，繼之跟隨著狂吼的人聲，駭人而椎心的哀號嘶喊。

之後，活動門板塌了下來，火焰像一股旋風竄了上去，燒穿了茅草屋頂，像個巨大火炬往天空竄燒，整座房舍都著了火。

房子裡面，除了劈劈啪啪火焰、牆壁崩裂、木樑倒塌的聲音之外，什麼聲音都沒有。屋頂猛然一下塌了，屋子燒得通紅的屋架子在滾滾黑煙之中，朝天空散射出一大團火星。

雪白的原野被火光照亮，像一匹銀布染上了紅色。

遠處鐘聲敲響。

野蠻大媽一直站在毀了的屋子前，手裡握著槍，她兒子的那支槍，以防四個士兵有任何一個逃出來。

當她看見一切已結束，就把槍扔到火裡，發出一聲槍響。

許多人跑了過來，有當地農民，也有普魯士軍人。

他們看見老太太坐在一截樹樁上，平靜而滿足。

一個法語說得跟法國人一樣道地的德國軍官問她：

「您家裡住的那些士兵在哪裡？」

她伸著瘦削的胳臂指著那對正在熄滅的灰燼，大聲說：

「在裡面！」

大家急忙圍到她身旁。普魯士軍官又問：

「這火是怎麼燒起來的？」

她高聲回答：

「是我放的。」

大家都不相信，認為她被突如其來的災禍搞瘋了，大家圍著她、聽她說話，她就把事情從頭到尾說清楚，從收到信一直到房子裡被燒死的人的最後一聲嘶喊，從她的感受到她的行動，一五一十，一個細節都沒漏掉。

當她說完，就從口袋裡掏出兩張紙，扶扶眼鏡，湊著餘火最後一點火光分辨這兩張紙，舉起其中一張說：「這張是維克多的報喪信。」再舉起另一張，歪歪頭指向那紅色殘燼，說：「這上面是他們的名字，以便通知他們家裡。」她平靜地把白紙遞給軍官，他抓住她的肩膀，她繼續說：

「您把事情怎麼發生的寫下來，並告訴他們雙親，事情是我幹的，我本名叫維克多娃・西蒙，大家叫我野蠻大媽！您別忘了。」

軍官用德語大聲下了命令，屬下抓住了她，把她推到房子還熱燙的牆邊，十二名士兵迅速地在面對她相距二十公尺處排成一排。她動也不動。她早已明白，她等待著。

口令響起，立刻跟著響起一長串槍聲。有一槍放遲了，在一陣響聲之後才響。老太太並沒有倒在地上，她整個人往下沉，就像腿被斬斷了似的。

普魯士軍官走到她旁邊，她幾乎被子彈掃成兩截，手中緊握著沾滿血的那封信。

我的朋友塞爾華又說：

「德國人為了報復，就毀了本地的城堡，那座屬於我的城堡。」

我呢，我想著那四個被燒死在這屋子裡的溫和孩子們的母親，又想到靠著這面牆被槍斃的另外一位母親殘忍的壯烈行為。

我撿起一顆小石頭，石頭還是黑的，被當年的火燒黑的。

恐怖

溫熱的夜色緩緩降下了。

女士們繼續留在別墅的客廳裡，男士們則在花園裡，在門前或坐或跨坐在椅子上，圍著一張擺滿咖啡杯和小酒杯的圓桌旁。

在一分一秒愈來愈黑的夜色中，他們的雪茄閃著火光，像眼睛一般晶亮。大家談著前一天發生的不幸意外：兩個男人和三個女人在他們的賓客眼前溺斃，就在前面那條河裡。

G將軍說：

「是啊，這樣的事總是令人難受，但不能算是恐怖。『恐怖』這古老的字眼啊，代表的意思比『可怕』嚴重多了。像這樣不幸的意外會令人動容、震驚、害怕，但並不駭人。要感受到恐怖，是比看到一個人死了、或是心靈感覺痛苦更深一層的感受，必須是一股神祕的顫慄，或是一種不尋常的、超越自然的駭人體驗。一個人死了，就算在最悲劇性的情況下死亡，也不會構成恐怖；一個戰場也不叫恐怖；流血也不叫恐怖；最卑劣的罪刑也都絕少稱得上恐怖。」

啊，我倒是有兩個親身經歷的例子，讓我明白什麼才叫做恐怖。

＊

那是一八七〇年普法戰爭時期，我軍穿越盧昂市之後，朝歐德梅橋撤退。我們約有兩萬士兵，兩萬名潰敗、散亂、軍心渙散、疲憊的士兵，準備前往哈佛港解散退役。

地上積滿了雪，夜降了，我們從前一天開始就沒吃任何東西。我們倉皇奔逃，普魯士軍緊追在後。

除了四下偶爾有圍繞著農莊的樹木投下黑影之外，一整片蒼白的諾曼第鄉野，在沉重而陰森的黑色夜空下一望無際。

在黃昏深濃的暗影之中，什麼聲音都沒有，只除了一陣朦朧隱約卻持續的軍隊前進的聲音，連續不停的腳步聲，夾雜著軍用飯盒或配刀的碰撞聲。那些士兵彎著腰駝著背，渾身骯髒，甚至一身襤褸，在雪地裡拖著疲乏的腳步盡量趕路。

他們手上的皮膚黏在金屬槍柄上，因為那天晚上溫度已低至結冰。我不時看見被動員的士兵鞋子磨得太疼，只好脫下光著腳走，結果每走一步就留下一個血腳印。走了一陣子之後，他們在一塊田裡坐下休息幾分鐘，但就再也站不起來了，每個士兵都成了死人。

我們把他們留在身後，繼續前進。這些疲憊不堪的可憐士兵，其實是想稍微歇歇僵硬的腿，馬上又要再繼續往前走的！只不過，一旦停止走動，幾乎凝結住的血液就不再繼續在他們凍僵冷的軀體裡流動，一股無法抑止的麻木凍住了他們，使他們無法動彈，使他們閉上眼睛，一秒鐘之內就令這已不堪負荷的肉體停止運轉，他們身子稍微陷下去，額頭朝著膝蓋前傾，卻沒有整個身體倒下，因為他們的腰和四肢都已凍得像木頭一樣硬，再無法曲折或挺直。

而我們這些士兵呢，體能狀態比較好，我們繼續往前，冷到骨髓裡，機械式地往前走，在那夜裡，在雪地上，在那荒野，寒冷與死亡伺機身旁，我們被傷痛、潰敗、絕望壓垮，特別是那被拋棄、一切已結束、死亡、滅絕的感覺讓人難以忍受。

我看見兩名憲兵拖著一個人的雙臂，那是個怪異的矮小男人，年紀已大，沒蓄鬍，模樣真的很怪異。

兩名憲兵認為抓到一名間諜，要找一位軍官發落。「間諜」這兩個字立刻傳遍這堆拖著腳步的士兵耳裡，大家將被抓到的那人團團圍住。一個聲音高喊：「槍斃他！」所有得倚著槍才不倒下去的筋疲力盡的士兵，突然湧起一股動物般狂怒的顫慄，一種會讓群眾嗜血殺戮的狂怒。

我那時官拜少校，正想要開口講話，但是他們已不管什麼長官不長官，說不定還會把我也槍斃了呢。

兩名憲兵其中一個對我說：

「他已經跟蹤我們三天了，而且不停打聽砲兵部隊的消息。」

我試著問那個傢伙話：

「您在這裡幹什麼？您想要什麼？為什麼跟著部隊？」

他結結巴巴吐出幾句聽不清的方言土話。

他的模樣實在很怪，窄窄的肩膀，陰沉的眼睛，在我面前如此驚惶失措，我實在不認為是個間諜。他看起來年紀大又衰弱，低眉順眼地看著我，帶著卑微、愚蠢、狡獪的神情。

我們四周的士兵大聲喊著：

「槍斃！槍斃！」

我對兩名憲兵說：

「你們能替他負責擔保嗎？……」

我話還沒說完，就被一陣洶湧的人潮擠開，我看見那個人一秒鐘之內就被狂怒的人群抓住，一陣痛毆亂揍，拖到大路邊，扔到一棵樹下，他奄奄一息倒在雪地上。

他很快就被槍斃。士兵們對著他開槍，又上子彈繼續開槍。他們爭先恐後搶著開槍，一一走過屍體前面再開一槍，就像繞著棺木瞻仰遺容並灑一下聖水似的。

突然一聲叫喊：

「普魯士軍人來了！普魯士軍人來了！」

我聽到手足無措的士兵朝四面八方奔逃的巨大喧囂聲。

他們朝這流浪漢身上開的槍，反而嚇到開槍的他們自己，一點未察覺槍聲來自他們自己，反而嚇得奔逃，消失在夜色之中。

我獨自待在屍體前面，和那兩名必須守在我旁邊的憲兵。

他們把那具千瘡百孔、被踩踏得不成形、渾身是血的屍首扶起。

我對他們說：「得搜查屍身。」

我從口袋掏出一盒長柄火柴遞給他們。

兩個憲兵一個點火柴照明，另一個搜屍身，我站在他們兩個中間。

搜身的憲兵宣告：

「身穿藍色罩衫、白色襯衫、長褲、鞋子。」

第一根火柴滅了，擦亮第二根。那名憲兵繼續查看，翻找口袋：

「一把摺疊小刀、一條方格紋手帕、一個鼻煙盒、一根繩線、一塊麵包。」

第二根火柴也滅了，擦亮第三根。

憲兵翻來覆去摸了一陣，宣稱：

「沒別的了。」

我說：

「把他衣服脫了，或許貼身藏著什麼東西。」

為了讓兩名憲兵一起動作，由我親自用火柴替他們照亮，在火柴稍縱即逝的短促光亮之中，我看見他們把他衣服一件件脫掉，讓這一坨雖死卻還有體溫的血淋淋肉體被剝光。

突然，兩名憲兵之一結巴地說：

「天啊，長官，他是個女的！」

我不知該怎麼形容心中翻攪的那種怪異而錐心的感覺，我難以置信，在雪地上這團不成形的肉泥前蹲下，看個清楚：是個女的！

兩名憲兵驚愕又沮喪，等著我做出反應。

但我不知該怎麼想、該如何猜測。

一名憲兵緩緩地說：

「她或許是來找她在砲兵隊、失去聯絡許久的兒子。」

另一名回答說：

「很可能是這樣。」

我雖是經歷過許多可怕場面的人，那時卻哭了起來。在那寒冷徹骨的夜晚，一片黑暗的平原上，面對這個死人，面對著無法解釋的謎，面對著場沒來由的屠殺，我感受到「恐怖」這個字代表的意思。

＊

去年，我又體驗到一次這個感受，當時我正在審問弗拉德中校（Flatters）在阿爾及利亞執行任務時出了意外的一個倖存者[17]，是個阿爾及利亞土著步兵。你們都很清楚這件悲慘事件的始末，但其中有一個細節或許是你們不知道的。

弗拉德中校橫越沙漠前往蘇丹，穿越圖瓦雷克族（Touareg）廣闊的占領區域，在這從大西洋到埃及、從蘇丹到阿爾及利亞的無垠沙漠，圖瓦雷克族人就如同以前海上搶劫掠奪的海盜一樣。

他們部隊的嚮導都是昌巴族（Chambaa）和瓦爾格拉族（Quargla）的人。

一天，他們在沙漠中紮營，阿拉伯人嚮導們說離水源處還有一段距離，要大家騎著所有駱駝去運水回來。

只有其中一個阿拉伯人告訴中校，這是詭計。弗拉德中校沒採信他的話，和陪同的工程師、醫生、幾乎全數的軍官一起騎駱駝去運水。

他們在水源處附近被屠殺，全部駱駝被搶走。

留在紮營處的駐瓦爾格拉綠洲辦事處的上尉，立刻負起指揮留在營地的倖存者的責任，倖存者大都是一些法國雇用的當地騎兵和步兵，剩下的部隊開始撤退，因為沒有駱駝可載物，只能拋下所有行李和食物。

他們上路了，四周一片荒涼孤寂，沒有樹蔭也沒有盡頭，毒烈的太陽從早曬到晚。

17 譯註：一八八一年，法國為加強非洲屬地之間的聯通，計畫建築一條穿越撒哈拉沙漠的鐵路，弗拉德中校帶著九十多名士兵陪同專家前往探勘，途中被圖瓦雷克族人襲擊，全部法國士兵被殲滅。

一群土著前來歸順，帶來了椰棗，那些椰棗都是有毒的。現在幾乎所有的法國士兵都死了，連同最後殘留的幾位軍官也死了。

整個部隊只剩下幾名北非當地傭兵、傭兵統帥柏貝關，以及昌巴族一些土著步兵。他們僅剩下兩隻駱駝，在一個夜裡也被兩名阿拉伯人帶走了。

僅存的那些倖存者很清楚，他們現在只能互相廝殺以求活命了，一旦發現那兩個阿拉伯人偷了兩隻駱駝跑了，倖存的人立刻分開，各自徒步上路，在柔軟的沙地上，炙熱的烈陽下往前走，而且拉出槍子能射擊到的距離。

他們每天就這樣往前走，遇到水源時，各自輪流上前喝水，還要等前一個人退到一定距離之外才敢走上前喝水。他們就這樣一整天走著，在一片炎熱廣闊的沙漠上一處接一處揚起沙塵，這道滾滾塵土讓人遠遠就認出是沙漠裡行走的人。

但是，一天早上，這些前進的人之中的一個，突然斜著走向旁邊一個同行者，所有人都停下腳步看著。

餓極了的同伴所靠近的那個人並不逃開，但臥倒在地，瞄準走過來的人，當他認為距離適當了，就開槍射擊；對方一點都沒踉蹌，繼續往前，舉槍上肩，一槍擊斃同伴。

其他人從四處奔過來聚集，想分一杯羹，殺死同伴的那個人把死者大卸八塊，分給眾人吃。

之後這不是你死就是我活的行進隊伍又彼此隔開距離，直到下一次殺戮才會再聚集起來。

持續兩天，他們分享著被殺的那個人的肉體。之後又餓了，殺了前一個同伴的那個人又再殺一個，又像個屠夫般操刀分解屍體，只留下自己吃的那一份，其他分享給同行的其他人。

這一行人就是以這樣的食人方式繼續往前。

最後一個受害者是傭兵統帥佛朗索・柏貝爾，在救援到達的前一天，在一口井邊被殺而分食。

你們現在知道我所謂的「恐怖」是什麼了嗎？

＊

這就是那天晚上G將軍跟我們敘述的……

上校的見解

「唉呀，」拉伯特上校說：「我老了，犯風濕痛，腳僵硬得像圍籬的木樁，但是如果一個女人，一個漂亮的女人，要我穿過針孔，我相信我會跳穿過針孔，就像小丑跳環圈一樣，我到死都會這樣，這是在血液裡的，改不了。我就是個愛對女人獻殷勤的人，老派的一個老頭子。我一看到女人，美麗的女人，就渾身激動，從頭到腳翻攪不已，就是這樣。」

何況，各位男士們，在法國，所有男人都多多少少像這樣，雖然人們已消除了我們曾經赴湯蹈火身為保鑣的上帝，但是我們依舊維持著騎士的風格，保衛愛情與偶然的騎士。

然而，女人啊，各位知道，從未在我們心頭消除，她們在我們心裡，穩穩停留在心裡。只要法國出現在歐洲地圖上，我們就喜愛女人，將來也會繼續喜愛，我們可為她做出所有瘋狂的事。甚至就算法國被滅亡不存在了，法國人依舊是法國人，改不了。

對我來說，眼見一個女人，一個漂亮的女人，我什麼事都做得出來。天老爺！當我感受她的眼神穿透我，那讓人血液沸騰的要命眼神，我突然興起一股無名的渴望，想要揍人、打鬥、劈破家具，顯示我是男人中最強壯、勇敢、大膽、忠誠的一個。

不光我是這樣，不是的，整個法國軍隊都是像我這樣，我可以發誓。從年輕的小兵到將軍，只要是為了女人，美麗的女人，我們會全力出擊，堅持到底。各位還記得以前聖女貞德讓我們做出什麼驚天動地的大事嗎。啊，我打賭色當戰役前夕，當馬克-馬翁主帥受傷那時[18]，若是一個女人率領軍隊的話，早就突破見鬼的普魯士戰線，用他們的槍管喝酒了！

巴黎需要的不是竇戍，而是聖・熱納維耶芙[19]。

我在戰爭中經歷的一個小插曲，足以證明我們在一個女人面前，什麼都做得出來。

我那時官拜上尉，區區一個上尉，率領一隊偵察兵，在被普魯士軍隊佔據的地區向後撤退。我們被包圍、追趕、極度疲乏、不知如何是好，又餓又累瀕臨死亡。

然而，我們必須在次日趕抵巴需坦，否則就完了，必定會被截斷後路，全軍覆沒，我們之前是怎麼躲過一劫的？我也不知道。總之，那一夜我們有十二法里的路要趕，冰天雪地上、大雪下的十二里路，並且空著肚子，我心想：「這下完了，手下這些士兵絕對走不完這段路。」

從前一天開始，我們就什麼都沒吃，整整一天躲在一個穀倉裡，一個挨著一個以便取暖，沒力氣說話或動彈，有一陣沒一陣斷斷續續地睡著，太過疲憊以至於睡得紊亂不安。

---

18 譯註：普法戰爭時，馬克-馬翁（Mac-Mahon）為萊茵河戰區的主帥，連連戰敗，一八七〇年八月在色當被普軍圍攻，受傷並被俘。

19 譯註：竇戎將軍（Trochu）在一八七〇年普法戰爭時負責保衛首都巴黎，而聖·熱納維耶芙（Sainte Geneviève）則是西元五世紀的聖女，巴黎的主保聖人。

清晨五點，天色還暗著，蒼白的雪夜。我把士兵搖醒，他們許多不願起來，無法動彈也無法站起身，整個身體被寒冷和其他打擊麻痺僵硬了。

在我們眼前的，是一片平野，他媽的一大片空蕩的平原，簌簌地下著雪。雪下啊下啊下個不停，像一片簾幕，雪花把一切都掩蓋在一襲冰冷厚重的白色大衣之下，像一張冰雪絨毛床墊，真像世界末日啊。

「起來，上路了，孩子們。」

他們看著眼前的世界，一片白色塵絮從天而降，似乎在想：

「夠了，死在這裡算了。」

我舉起手槍：

「第一個倒下的，就等著挨我一槍。」

他們好歹上路了，緩慢地前進，就像腿報廢了一般。

我先派出四個當前哨，走在部隊前方三百公尺處；其他的一整團走在中間，視疲憊程度和步伐大小，走得紛紛散散。我讓最強健的幾個殿後，命令若有脫隊的，他們就用刺刀刺他的背催趕。

雪似乎要把我們活埋了，落在軍帽和軍大衣上，並不融化，把我們變成一群鬼怪，一群疲憊的鬼魂士兵。

我心想：「我們絕對逃不過一死，除非奇蹟出現。」

好幾次我們停下幾分鐘，等落後跟不上的趕上來。一停下，耳中只聽見大雪朦朧滑落的聲音，雪花悉悉簌簌摩擦交錯而落的那難以捉摸的聲音。

有幾個士兵抖落身上雪花，有的則一動也不動。

我下令重新出發，士兵們把槍扛在肩上，舉起疲憊不堪的腳步又開始前進。

突然，前哨撤回來，出現了令他們擔心的情況，他們聽見說話的聲音，就在隊伍前方。我派出六名士兵和一名中士前去查看，我和部隊等著。

突然，一聲尖叫，女人的尖叫，劃破雪地寂靜，幾分鐘之後，他們帶來兩個俘虜，一個老頭子和一個年輕女子。

我低聲詢問他們，他們的宅院當晚被喝醉酒的普魯士軍人霸佔，那父親害怕女兒受到欺侮，連家中佣僕都沒告知，父女倆就連夜逃了。

我一眼就看出他們是有錢人家，甚至身分比有錢人還高。

「你們跟著我們部隊一起走，」我跟他們說。

我們重新上路，老頭子熟知附近情況，就由他帶路。

雪停了，星星出現在天空，寒冷變得徹骨難忍。

年輕女子攙著父親的手臂，一顛一顛踏著悲傷的步子往前，低聲說了好幾次：

「我腳凍得好像不是我的腳了。」而我呢，看到這可憐的小女子在雪地裡拖著步子，簡直比她還覺得痛苦。

突然，她停了下來：

「父親，」她說：「我累得不能再往前走了。」

老人想抱她走，但連抱都抱不起來，她跌坐在地上，長嘆了一口氣。

我們在她旁邊圍成一圈，我在原地跳腳，不知該怎麼辦，真無法下決心把這男人和孩子丟下不管。

突然間，兵士裡的一個，一個綽號叫「鬼靈精」的巴黎人，大聲說道：

「來吧，弟兄們，我們得抬這位小姐，否則就不配是法國男人，天殺的！」

老天爺，我相信我也想開心地說一聲髒話。

「天殺的，你們這些小夥子挺不錯，我也要盡一份力。」

大家在陰暗中看見左邊依稀有座小樹林，幾名士兵走進樹林，不久就帶回一大綑樹枝綁成的擔架。

「誰捐出大衣？」鬼靈精大喊：「是為了一位小姐喔，弟兄們。」

他腳邊立刻丟出了十件大衣，一秒鐘之內，年輕女子躺在熱熱的大衣裡，被六個肩膀抬著。我領頭在右邊第一個，天啊，我多麼高興肩膀上扛著重量。

我們繼續上路，就像剛灌了一杯酒，興高采烈精神飽滿，我甚至聽到士兵有人開著玩笑。你們看，只需一個女人，就能讓法國男人激動鼓舞。

士兵們幾乎又排成了隊伍，精神抖擻，身上也暖了。一名年紀大的游擊隊員跟在擔架後面，等著抬擔架的弟兄支撐不住好換手，他跟旁邊弟兄低聲——但聲音不夠低，我也聽到了：

「我已不年輕了，我，哎呀，男女之間這東西可真難猜，不過還真只有這個能讓你們心臟跳動呢！」

直到清晨三點，我們幾乎都沒休息往前走。突然間，前哨又撤回來，整個部隊臥倒在雪地上，只看得出地上一團模糊的影子。

我低聲下達命令，聽到身後士兵們架上武器冰冷的金屬聲。

平野中央那裡，不知什麼東西在移動，看起來像隻大型野獸在奔跑，後來又像條蛇拉長，又或團成一團，忽而衝向右，忽而衝向左，然後停下，繼之又開始往前。

突然，那一團不知名的東西迅速靠近，我看見一個接一個，總共十二名迷路的普魯士騎兵正找尋著路。

他們如此靠近，馬匹嘶啞的喘息、武器叮噹碰撞聲、馬鞍喀愣聲，我都聽得一清二楚。

我喊道：

「射擊！」

五十聲槍響劃破夜的寂靜，接連著四、五聲繼續發出的射擊，之後接著最後一聲槍響；濃密的煙哨散去之後，我們看見十二個士兵和九匹馬中槍倒地。另外三匹馬狂奔而逃，其中一匹還拖著主人的屍體，腳纏在馬鐙上，拖在地上一蹦一跳。

我身後一名士兵哈哈大笑。另一個說：

「這又製造好多寡婦了。」

這名士兵或許結婚了。又另一個說：

「守寡也不會守多久的。」

一個頭從擔架裡伸出來：「怎麼了？」她說，「打起來了？」

我回答：

「沒什麼，小姐；我們剛處理了十二個普魯士軍人！」

她低聲說：

「可憐的人！」

但因她覺得冷，就又消失在那一堆大衣之下。

我們重新上路，走了很久。天色終於漸漸亮了，雪變得清澈光亮皎潔，東方渲染了一層粉紅色彩。

遠處一個聲音喊道：

「來者是誰？」

整個部隊停下，我走上前去告知身分。

我們抵達法軍陣營了。

我的部隊士兵一一走過崗哨之前，我剛告知自己身分的一名指揮官騎著馬過來，看見擔架，聲如洪鐘的問：

「這裡面是什麼？」

剛說完，一個金色的小頭顱鑽出來，頭髮亂七八糟，一臉微笑地回答：

「是我，先生。」

一群士兵響起笑聲，每個人心裡都一陣喜悅。

走在擔架旁的「鬼靈精」揮著軍帽大聲叫道：「法國萬歲！」所有人一陣激動，都大聲吼：「法國萬歲！」

不知為什麼，我覺得這一切既善良又體貼殷勤，心裡著實感動。

我覺得我們剛才直好像拯救了整個國家，做了其他人都不會做的事，一件簡單卻非常愛國的事。

你們知道嗎，我永遠不會忘記那個女子小小的身影；照我看，既然軍隊裡要取消擊鼓和吹軍號，不如在每個部隊裡安置一個漂亮的年輕女子，這比演奏《馬賽曲》

還有效。天啊，有這麼個聖母瑪利亞，一個活生生的聖母瑪麗亞站在上校旁邊，那些大兵立刻會精神抖擻起來。

他停下幾秒鐘，一臉肯定地點著頭說：

「不管怎樣，我們喜歡女人，我們這些法國男人！」

第二十九號病床

艾畢風上尉走在街上的時候，所有的女人都會轉頭看他。他的確是典型英俊騎兵軍官的代表，而且也老是走來走去展示，不停炫耀自己驕傲的寶貝大腿、腰身、鬍子。他的鬍子、腰身、大腿的確非常俊俏。濃密的金黃色鬍子，雄赳赳地長到嘴唇邊，精心捲梳成小麥色的小捲圈，再往嘴唇兩邊往下垂成兩道雄性的濃厚長鬚。腰身細窄，就像箍了馬甲似的，上半身飽滿直挺，健壯而充滿男性氣概。大腿真讓人讚賞，像體操選手或舞者的腿，一舉一動都在紅色緊綳的軍褲下展現緊實的肌肉。

他走路時小腿伸直，腳和手臂稍微往外打開，騎兵那種有點搖擺的步伐，這種步伐大大強調出腿和上身，整個人穿著軍服就像個勝利者，但穿便服就顯得平凡。就像許多軍官一樣，艾畢風上尉穿上便服就不怎麼好看，穿上平民百姓灰色黑色的衣服，看起來就像商店的買辦夥計，但一旦軍裝上身，就容光煥發。他容貌俊美，細長的鼻子弧度很好，藍眼珠，額頭窄窄的。他頭禿了，他永遠不明白何以頭髮掉光，看著自己一把濃密的鬍子，安慰自己說，其實頭上沒那麼多毛髮才能襯托一把鬍子。

他蔑視幾乎所有人，而且是程度很深的鄙視。

首先，在他眼裡，布爾喬亞階級是不存在的，他看他們就像人們看動物，不會比大家看麻雀或母雞多一點注意；對他來說，世界上唯一有存在價值的是軍官，但是他對軍官的評價也有分別。大抵上，他只尊敬好看的男人。軍人唯一的、真正的價值，就是儀表。身為一個軍人，就是男子漢，就是為打仗和做愛而生的血性漢子，就是一個強悍、剛強、健壯的真男人，如此而已。他把所有法國軍隊的將軍依身材、儀表、臉上的 悍表情分成等級。布爾巴基將軍（Bourbaki）在他眼裡是當代最偉大的戰將。

他很愛譏笑戰場上的士兵五短身材又肥胖，行個軍就受不了，但他最最不齒、幾乎痛恨的，就是綜合高等學校出身的弱小瘦雞，那些戴著眼鏡的弱小矮子，愚蠢又笨手笨腳，根本不該穿軍服，就如同兔子不適合佈道一樣。他非常不以為然軍隊竟然容許這些雙腳無力的軟腳蝦走起路來像螃蟹爬，而且還不喝酒，食量也小，似乎喜歡方程式勝過喜歡美麗女人。

艾畢風上尉在女人面前總是無往不利，手到擒來。

他只要和某個女人一起晚餐，心中就篤定晚上必能和她在床上耳鬢廝磨，就算真有什麼無法克服的障礙，他確定第二天也絕對能「成功上壘」。同袍們都不喜歡自己的情婦遇到他，凡是有個漂亮老婆站在櫃台後的商店老闆也都認識他、提防他、極端痛恨他。

當他經過時，那些漂亮的老闆娘都會不由自主地隔著櫥窗和門面，和他交換一個眼神，那種抵過所有甜言蜜語的眼神，包含著召喚和回應、慾望和傾訴。此時，那個丈夫會提起本能的警戒，猛然回頭，憤怒地看著著軍官驕傲挺直的身影。當上尉滿意自己引起的反應，帶著微笑走過去之後，老闆氣呼呼的手弄倒了面前貨架上一個商品，大聲說：

「真是一隻大火雞，什麼時候才能不再養那些好吃懶作、整天沒事幹只會在街上亮身上那些破銅爛鐵的人啊。我啊，比起士兵，我還比較喜歡屠夫，就算圍裙上沾著血，至少是動物的血，而且屠夫至少是對社會有用的人，他手上的刀子不是拿來殺人的。我真不懂，大家怎能任由那些公然殺人者帶著殺人刀械在街上招搖。國家需要軍人，這我也知道，但至少不必讓他們穿紅戴綠，穿什麼緊身紅長褲和藍外套，劊子手通常會這樣花枝招展嗎，不會吧？」

老闆娘並不回答，難以察覺地聳聳肩，丈夫似乎不必看就猜到她的動作，大聲吼道：

「笨蛋才會看那些傢伙在街上昂然跨步走來晃去。」

艾畢風上尉對女人無攻不克的名聲，已傳遍整個法國軍隊。

＊

一八六八年，上尉所屬的一〇二騎兵隊來到盧昂駐防。

他很快就成為城裡名人。每天傍晚快五點時，他就會出現在布瓦勒狄厄大道(Boieldieu)，到喜劇咖啡廳裡喝一杯苦艾酒，在走回營區時，特意繞一圈散散步，好展現他的美腿、腰身和鬍子。

盧昂的商賈們也在街上散步，手背在身後，一心想著買賣，談論著物價高低，卻也不免朝他看一眼，低語說：

「噯喲，還真是個俊俏的小子。」

當他們認出是他：

「喔，是艾畢風上尉！長得倒還真是英俊！」

女士們一遇到他，頭部就會微微做出一種奇怪的動作，一種拘謹的顫抖，就好像在他面前感到一股脆弱，像赤裸裸似的。她們稍微低下頭，唇上帶著一抹微笑，想讓自己看起來迷人，也一邊偷眼瞧著他。當他和某個同袍一起走在街上，同袍必定嫉妒氣憤地一路咕噥：

「艾畢風這傢伙，運氣還真好。」

對城裡的歡場女子來說，簡直是一場激鬥、競賽，她爭著看誰能得到他。每天傍晚五點鐘，上尉出現的時間，她們全都來到布瓦勒狄厄大道，兩個兩個一起拖著長裙，從大道這頭走到那頭，中尉、上尉、少校們在到咖啡館之前，也兩個兩個一起，拖著配劍在人行道上走著。

一個傍晚，漂亮的伊荷瑪——據說是富有的廠主唐布利耶-巴彭的情婦——在喜劇咖啡廳對面停下車子，好像是要去雕畫家波拉先生的店裡買紙或是訂購名片，她走過軍官們坐的桌前，對艾畢風上尉投去一個眼神，眼神中那「我等你來喔」的信息如此明顯，以至於一旁坐著與手下中校一起喝烈酒的普杓上校忍不住咕噥抱怨：

「真露骨。這傢伙運氣可不是太好了嗎？」

上校的話一下子就傳開了，艾畢風上尉對長官這個讚美很受用，次日衣著畢挺好幾次經過美人伊荷瑪家的窗下。

她看見了，微笑地現身。

當天晚上他們就成為情人。

他們毫不避人耳目，大方示愛，冒著對兩人名聲都有損的危險，驕傲地挺身冒這個危險。

滿城風言耳語都在流傳伊荷瑪美人兒和軍官的風流韻事，獨獨唐布利耶－巴彭先生被蒙在鼓裡。

艾畢風上尉自得意滿，滿口不停：

「伊荷瑪和我說」、「伊荷瑪昨夜跟我說」、「昨晚和伊荷瑪吃飯時……」

持續一年多的時間，他在盧昂城裡散佈、炫耀、招搖他們倆的愛戀，就像從敵軍那裡攻掠來的旗幟似的。他覺得自己因為得到這美人的芳心而成長了，也因為別人的羨慕，讓他對未來更有自信，相信自己可以得到希冀許久的勳章，因為他是眾人注目的焦點，既然大家都注意到他，他就不會被遺忘。

＊

然而，戰爭爆發了，上尉所屬的是首先徵召上前線的營隊之一。分離是痛楚難忍的，他們一整夜難分難捨。

佩刀、紅軍褲、軍帽、短上衣的盤花飾帶，都從椅背滑落到地上，袍子、裙子、絲襪散了一地，和軍服一起悲傷地纏在地毯上。房間亂七八糟像打完一場仗，伊荷瑪像瘋了一樣，披散著頭髮，絕望地以雙臂摟著軍官的脖子，緊緊抱著他，繼而鬆開手，在地上打滾，翻倒家具，扯下扶手椅的邊飾，咬著椅腳。上尉心中感動悲傷，但不知如何安慰，只一直說：

「伊荷瑪，我的小伊荷瑪，這是不得已的，我們無話可說。」

他不時用指尖抹去眼角淚珠。

天亮時，他們必須分離了。她在車上跟隨著情人走完第一程，分開之時在整營軍隊前和他擁抱道別。大家都覺得這場面窩心、高貴，弟兄們握住上尉的手說：

「你真走運，這小女人對你還是有真心的。」

大家覺得這一幕還真充滿愛國情懷。

＊

他們這騎兵營在戰爭中吃了不少苦頭，艾畢風上尉英勇的表現，終於讓他獲頒勳章，之後戰爭結束，他回到盧昂駐防。

他一回來就忙著詢問伊荷瑪的消息，但沒有人能告訴他確切的消息。

有些人說他嫁給了普魯士軍司令。

也有人說她回到伊維多（Yvetot）附近種田的父母家去了。

他甚至派了下屬到市政府查看死亡登記，他情婦的名字沒出現在死亡登記簿上。

現在他在街上閒晃時，心裡懷著巨大哀傷。他甚至把自己的不幸算到敵軍頭上，認為是普魯士軍佔領盧昂，才會導致他的美人兒消失無蹤，因而宣稱：

「下次交戰的時候，他們要還我這筆債，這些卑鄙無恥之徒。」

然而，一天早上，他午餐時分做完彌撒回營區時，一個穿著罩衫、戴著擦亮的頭盔的老信差帶給他一封信。他把信打開，上面寫著：

我親愛的，

我在醫院裡，病得很重，病得很重。你不來看我嗎？我會好高興呢！

伊荷瑪

上尉臉變得蒼白，同情心痛，大聲說：

「天啊，可憐的孩子。我一吃完飯就去。」

吃午餐的時候，他告訴其他軍官伊荷瑪在醫院裡，但只要他一到，就要把她接出醫院。這又是普魯士軍隊的錯，她一定隻身一人，又沒有錢，貧困潦倒，因為她的家產細軟一定都被搜刮光了。

「啊！這些狗娘養的！」

大家聽了他的敘述都不禁動容。

一吃完飯，把餐巾捲進木製的餐巾環，他就起身，到掛衣架取下配劍，吸口氣縮小腹，扣上皮帶，腳步匆忙趕往市立醫院。

他走到醫院門口，本想立刻進去，卻被厲聲禁止，甚至還要他回去向上校解釋原委，得到上校寫給醫院院長的一個紙條。

院長讓英俊的上尉在接待室耽擱了好一陣子，終於面帶著冷漠和不以為然的神情給他簽發了通行證。

一走進這療養醫院，貧窮、苦痛、死亡的氣息，讓他渾身不舒服。一個院裡的小廝給他帶路。

在那些長長的狹窄走廊上，漂浮著慘淡、發霉、疾病、藥物的氣味，他踮著腳尖走，不敢發出聲音。偶爾一聲低語打破醫院裡的死寂。

有時，望向打開的病房房門，上尉瞥見裡面是通鋪，一整排病床，床單攏起下面的人形。復原期的病人坐在床邊椅子上聊著天，穿著醫院灰色麻布病患制服，頭上戴著白色罩頭帽。

帶路的小廝突然在一間排滿病床睡滿病人的病房前停下，病房門上以大寫字母寫著：「梅毒病患」。上尉渾身顫了一下，然後覺得自己滿臉通紅。一名護士正在門旁一張小木桌上分配用藥。

「我帶您過去。」她說：「是二十九號病床。」

她走在軍官前面。

她指著一張病床說：

「就是這張。」

只看到隆起的毛毯，頭也縮在床單下。

四處有人在床上坐起，蒼白的人形，一臉驚訝地看著他的軍服，都是女病人，年輕的和年老的女人，但在粗糙的病服下看起來都很醜、低俗。

上尉完全不知所措，一手拖著配劍，一手拿著軍帽，低聲說：

「伊荷瑪。」

病床上一個大動作，她情婦的臉露出來了，但這張臉改變如此多、如此疲憊、如此瘦削，他連認都認不出來了。

她喘著氣，情緒激動地透不過氣來，說道：

「亞伯特！……亞伯特！……是你！……喔！……很好……很好……」

她眼裡流下淚水。

護士拉過來一張椅子：

「您請坐，先生。」

他坐下，看著他離開時留下的那個如此美麗如此青春的女子，如今蒼白悲慘的模樣。

他說：

「妳生什麼病？」

她哭著回答：

「你不是看到了，病房門口寫著。」

她用床單邊緣遮住眼睛。

他像發狂了，覺得羞恥，又說：

「我可憐的女孩，妳怎麼會得上這個病？」

她低聲說：

「是那些天殺的普魯士軍人，他們幾乎強姦了我，讓我染上這個病。」

他不知說什麼好，看著她，手在膝蓋上旋轉著軍帽。

其他病人盯著他看，他覺得好像聞到一股腐爛的味道，在這擠滿患了這個見不得人又恐怖的病的女性通鋪病房裡，瀰漫一股肉體腐敗、恥辱的氣息。

「我覺得我是躲不掉了，醫生說我病得很嚴重。」

她看見軍官胸前的動章，叫道：

「喔！你得到動章了，我好高興啊！我好高興啊！喔！我可以親吻你一下嗎？」

想到這個吻，上尉皮膚上流過一陣害怕又噁心的顫抖。他很想立刻離開這地方，呼吸新鮮空氣，再也不要見到這個女人，但他不知該如何起身逃走，只好坐著跟她道別，結結巴巴地說：

「妳剛開始得病時沒有醫治嗎？」

伊荷瑪的眼裡閃過一股火焰：「沒有，當我知道會因這病而死時，我想要報復！我也要傳染給他們，所有人，所有人，愈多人愈好，只要他們還待在盧昂，我就不醫治。」

他用稍帶玩笑的尷尬口吻說：

「至於這一點，妳倒是做對了。」

她精神奕奕，雙頰發紅地說：

「啊，可不是嗎，他們因我得病而死的可不少人，哼，我狠狠報復了。」

他說：

「那很好。」

然後，他站起來：

「好了，我要走了，四點鐘一定要趕到上校家裡。」

她聽了非常激動：

「你要走了！就要離開我！喔！你才剛來而已！……」

但他無論如何都要走，說：

「妳看我接到信不是立刻趕來了嗎，但是我一定要在四點鐘趕到上校家裡。」

她問：

「還是以前的普杓上校嗎？」

「還是他，他在戰事中受傷了兩次。」

她又說：

「你的同袍裡呢，有在戰爭中犧牲的嗎？」

「有啊，聖堤蒙、薩瓦尼亞、波里、薩培瓦爾、侯貝、德古爾松、帕薩菲爾、桑塔爾、卡爾凡・德波爾凡都戰死了。撒埃爾缺了一隻手臂，辜爾瓦桑一條腿被輾碎，巴貴失了右眼。」

她仔細聽著，突然，結巴著說：

「你離開之前親我一下吧，好嗎，反正護士郎格瓦太太不在這裡。」

儘管湧上一陣噁心，他還是把嘴唇印上她的額頭，她手圈著他的脖子，在他藍色短上衣胸前印上好多熱情的吻。

她說：

「你會再來，會吧，會再來，答應我你會再來看我。」

「會的，我答應妳。」

「什麼時候？星期四你可以嗎？」

「好的，星期四。」

「星期四，下午兩點。」

「好的，星期四下午兩點。」

「你答應我的？」

「我答應妳。」

「再見，我親愛的。」

「再見。」

他在病房所有人的眼光注視下尷尬不已地離開，他壓低高大的身體讓人比較不注意，出來走到街上，才深呼一口氣。

*

晚上，同袍們問他：

「伊荷瑪，她還好嗎？」

他困窘的語調回答：

「她胸部發炎，病得蠻重的。」

但是一個小中尉察覺到他神情有異，跑去打聽消息，次日，當上尉做完彌撒回營區時，迎接他的是鋪頭蓋面的嘲笑與玩笑。大家終於復仇了。

此外，大家還得知，伊荷瑪曾經和盧昂總司令閃電結婚，之後還和一名普魯士騎兵隊的上校策馬走遍地區，之後又有其他上校接踵而至，乃至於，盧昂城裡大家都稱她為「普魯士軍的女人」。

持續八天，上尉成為整個營區的笑柄，他收到郵寄來的內容不堪的信件、醫生處方、告知專門治療性病的醫師的聯絡方式、甚至上面寫著用途的治療藥劑。

得知消息的上校以嚴厲的口吻對他說：

「上尉交友廣闊，真是可喜可賀。」

十來天之後，他又收到伊荷瑪一封來信，他氣憤地撕了，不回信。

八天之後，她又來信，寫道她情況很糟，想跟他訣別。

他也不回答。

又過了幾天，在醫院幫忙的神父來找他。

巴佛霖・伊荷瑪小姐在臨終床上，哀求他前去相見。

他不敢拒絕，跟隨神父同去，但是踏進醫院時，他心裡充滿埋怨恨意，自尊心受損，傲氣被踐踏。

他覺得她樣子沒什麼變，想必是騙他前來。

「妳要我怎樣？」他說。

「我要跟你道聲永別，我好像狀況很糟糕。」

他不相信她說的。

「妳聽好，妳讓我成了全軍營的笑柄，我不想再繼續這樣。」

她問：

「我對你做了什麼，我？」

他無法回答，因而更惱怒了。

「妳別想我會再來看妳，讓大家嘲笑得更厲害！」

她看著他，黯淡的眼裡燃起一絲怒火，又說：

「我對你做了什麼，我？難道我以前對你不好嗎？我可曾要求過你任何事情？若不是你，我會一直和唐布利耶-巴彭在一起，今日也不會落到這個地步。不，你可知道，就算有人要責備我，那人也絕對不會是你。」

他聲音發顫地回答：

「我不是要責備妳，但我不會再來看妳，因為妳和普魯士軍之間的行為，已成了全城的恥辱。」

「我和普魯士軍之間的行為？我說過他們強姦我之後，我之所以不治療，是因為要把病傳染給他們。如果當時我要治好病，並不是難事，天老爺！但是我要殺了他們，而且我也真殺了不少，哼！」

他站著不動：

「不管怎麼說，都是丟臉。」

她似乎一會兒喘不過氣來，然後又說：

「什麼丟臉，犧牲我自己的生命換他們的命，哪個丟臉，你倒說說看？當初你來貞德路我家溫存的時候，說話可不是這種語氣啊？啊！丟臉！你戴著那枚勳章，做的可能還沒我多呢！你可知道，這勳章我比你還配得到，我殺的普魯士人可比你殺得多！……」

他目瞪口呆站在她面前，惱怒地發抖。

「啊！閉嘴……妳知道……閉嘴……因為……有些東西……我不允許……汙衊它……」

但是她並不聽他：

「你們用勳章真是讓普魯士人吃了好大苦頭呢！如果當初你們阻止了他們佔領盧昂，就不會發生這種事不是嗎？說啊？聽好，是你們應該阻擋他們的。我讓他們吃的苦頭比你多，沒錯，比你多，我現在要死了，你還繼續在城裡散步，展現你的模樣取悅女人……」

每張床上都伸直一個頭，每雙眼睛都盯著穿軍服的那個人，他結結巴巴地說：

「閉嘴……妳知道……閉嘴……」

但她不閉嘴，大喊著說：

「啊！是啊，你光會裝腔作勢，我太清楚你了，哼，我太清楚你了。我跟你說，我讓他們吃的苦頭比你多，我殺的普魯士人比你們全軍營加起來都殺得多！……你走啊……懦夫！」

他的確走了，倉皇而逃，邁開長腿從兩排躺滿梅毒病患的床之間溜過，繼續聽到伊荷瑪氣喘吁吁尖聲地說：

「比你多，沒錯，我殺的比你多，比你多……」

他三步併作兩步衝下樓梯，跑回家關上門。

次日，他得知她死了。

俘虜

森林裡除了雪花落到樹上的輕微摩擦聲之外，沒有一點聲音。雪從中午就開始下，細細的小雪花像在樹枝上灑上一層冰凍的泡沫，在枯葉上披了一襲銀白的薄衣，在道路上鋪上一片柔軟雪白的地毯，更凝聚了一整片樹海無限的寧靜。

守林人的小屋門口，一個年輕女人光著膀子用斧頭在一塊大石頭上劈柴，她個子高，瘦長結實，一個在森林長大的女人，守林人的女兒，也嫁了個守林人。

一個聲音從屋裡傳來：

「今晚只有我們兩個人，蓓爾汀，該進屋了，天就要黑了，附近說不定有普魯士人或是狼出沒。」

年輕女人又揮斧頭劈一截大木頭，每劈一下，就挺起胸，雙手揚起斧頭再劈。

「我劈完了，媽媽。我就來了，我就來了，不必擔心，天色還沒暗。」

她把劈好的細枝和木柴抱進屋裡，堆在壁爐邊，在走出去關門板，那是一扇橡木心打造的厚重木門，弄好了進了門，拴上門板上好幾個結實的門閂。

她母親——一個滿臉皺紋、年紀大了膽子變小的老婦人——坐在壁爐邊紡紗：

「我不喜歡你父親不在家，咱兩個女人家，總不濟事。」

年輕女人回答：

「喔！我還是可以打死一匹狼或是一個普魯士軍。」

她抬眼望望那枝掛在壁爐台上的大手槍。

她丈夫早在普魯士軍入侵初期就收編入伍，剩下母女兩人和父親同住。父親是老守林員尼古拉．畢雄，人稱「假好漢」，他執意不肯離開這屋子搬到城裡去住。

離這兒最近的城鎮就是赫泰勒（Rethel），盤踞在石岩上的舊時要塞。那裡的居民非常愛國，就算有錢人也都決定抵抗敵人，閉關自守，按照傳統堅守這座要塞。歷史上已經有兩次了，在亨利四世和路易十四時期，赫泰勒的居民就是因英雄式的自衛抗敵而名聞遐邇，他們這次也要照做，當然！就算被焚城燒死，也寧可死守。因此，他們買了槍枝砲彈，組織了一支民兵，劃分了營和連，每天在「武器廣場」上操練。全體——麵包師傅、雜貨店老闆、屠夫、代書、訴訟代理人、木匠、書店老闆、藥劑師——都輪流按照時間操練，由拉芬尼耶先生指揮，他曾是龍騎兵的士官，後來娶了哈佛丹先生的女兒，繼承了店鋪，現在是縫紉用品店老闆。

他當上廣場上民兵的指揮官，由於城裡年輕人都入伍當兵了，他把留下的那些都收編到自衛隊伍裡。肥胖的，上街都要快步健走以削減肥肉脂肪和增加肺活量，體弱的，要身負重物以鍛鍊肌肉。

大家靜候普魯士人來，但是他們一直都沒出現。其實他們駐紮在不遠處，據「假好漢」尼古拉．畢雄說，他們的偵察兵已經兩次穿過樹林，到他那守林員房屋門口了。

老守林員那時像隻狐狸般奔到城裡通知大家，大家瞄準了大砲，但敵人並沒有現身。

「假好漢」的守林員小屋就充當阿芙玲森林（forêt d'Aveline）的前哨站，他一周進城兩次採辦日用食物，並把鄉下消息捎給城裡的有錢人們聽。

*

那天他也是進城報告消息，兩天前有一小隊德國步兵在他家前附近停留，大約是下午兩點鐘，後來立刻離開。帶隊的士官長會講法文。

老守林員每次進城都會帶上他那兩隻狗，兩隻嘴巴像獅子的大型牧羊犬，以便防狼侵襲，這季節狼變得非常兇猛。他留下妻女在家的時候，一定叮囑她們天快黑就把家門鎖好，待在家裡別出去。

她女兒天不怕地不怕，不過他妻子總是害怕地發抖，不斷地說：

「這一切不會有善終，你們看著吧，這一切不會有善終。」

那天晚上，她比往常更擔心：

「妳可知妳爹幾點回來？」她問。

「喔！一定十一點以後了，他去指揮官家裡吃飯，每次都回來的很晚。」

她把大鍋子架到壁爐火上煮湯，當她忙完了，聽到從煙囪傳來一陣模糊響聲。

她低聲說：

「有人在樹林裡走動，至少有七、八個。」

她母親嚇死了，停下手中紡輪，結巴著說：

「喔！天啊！妳爹又不在！」

她話還沒說完，一陣暴烈的敲門聲敲得門都簌簌抖動了。

母女倆都不回答，一個生硬的聲音大聲喊道：

「開悶！」

沉寂了一會兒，同樣的聲音又響起：

「開悶，不然我打破悶。」

蓓爾汀把掛在壁爐上的大手槍塞進裙子口袋，把耳朵貼到門上，問：

「是誰？」

那聲音回答：

「窩們是那天經過的隊伍。」

年輕女人又問：

「妳們要做什麼？」

「窩從今天早上就在樹林裡咪路了，和我的小隊。開悶，不然我打破悶。」

她沒有選擇，抽開了粗重的門閂，打開厚重的大門，在雪地微光中看見六個人，六個普魯士士兵，就是前天來過的那幾個。她用堅決的口氣說：

「你們這個時候來做什麼？」

士官長回答：

「窩咪路了，完全咪路了，窩記得這個房子。窩從今天早上就奢摸都沒吃，我的小隊也奢摸都沒吃。」

蓓爾汀回答：

「今晚只有我和我媽在家裡。」

那似乎是個正直漢子的士官回答：

「這不要緊，窩不會做壞事，但是您弄點東西給窩們吃，窩們餓死了，又很累。」

她往後退一步：

「進來吧。」她說。

他們進來了，雪灑滿身，頭盔上灑滿的雪像鮮奶油泡沫糖霜，他們看起來疲憊不堪。

年輕女人指著大桌子兩邊的木頭長凳說：

「坐吧。」她說：「我給你們煮點湯，你們看起來真的累斃了。」

她又去栓好門閂。

她在鍋子裡又添上水，再丟一點奶油和馬鈴薯，隨後取下一塊掛在壁爐上的肥豬油，切了半塊放到湯裡。

那六個士兵眼睛跟隨著她的動作，眼睛冒出飢餓之火。他們把槍枝和頭盔放到角落，乖乖等著，像坐在課堂椅子上的孩子一樣。

母親又繼續紡紗，一邊不停害怕地偷偷望著敵兵。這時候，四下只聽見紡輪輕輕轉動的呼呼聲、爐火劈啪聲、以及水在鍋子裡快煮開的聲音。

突然，一個異常的聲音讓他們都驚了一下，像是門縫下傳來的噗哧呼吸聲，野獸強勁的呼氣聲。

德國士官長躍起身，走向擺放的槍枝，守林員女人攔下他，微笑著說：

「是狼。牠們跟我們人一樣，在附近徘徊，走得都餓了。」

他不相信，要眼見為憑，一打開門，就看見兩隻大型灰色野獸竄著大步逃走。

他走回來坐下，低聲說：

「窩真不敢相信。」

他等待的食物終於做好了。

他們狼吞虎嚥地吃著，嘴大張到耳朵好多吞一點，眼睛睜得跟嘴巴一樣大，喉嚨呼嚕呼嚕發出的聲音和排水管一樣。

兩個女人一聲不響，看著那些大紅鬍子男人迅速的動作，馬鈴薯就像滾落到他們起伏的毛茸茸胸口裡。

他們渴了，守林員女人下到地窖去裝蘋果酒。她在地窖待了很久，這是個拱頂石頭地窖，據說法國大革命時期曾充當監獄和避難處。廚房底端一個關閉的活門拉開，就有一道狹窄的樓梯可下到地窖。

蓓爾汀從地窖走上來時，笑了，帶著一股狡猾的神氣偷笑著。她把裝著蘋果酒的水壺遞給德國人。

她和母親也在廚房另一端吃著晚飯。

士兵們吃飽了，六個人圍著桌子打瞌睡，不時一個人的額頭撞到桌面，發出一記悶響，突然驚醒，又坐直。

蓓爾汀跟士官長說：

「你們到壁爐前睡吧，當然啦，那裡睡得下六個人。我和我母親上樓到房間睡。」

兩個女人上樓去了。他們聽見她們兩把房門鎖上，在房間裡走了幾步，之後就沒再出聲了。

普魯士士兵躺在地上，腳伸到爐火前，頭枕著捲起的軍大衣，立刻都打起鼾，六個不同音調的鼾聲，有的尖銳有的低沉，但都連續不斷而且震天響。

*

他們沉睡了很長一段時間，突然一聲槍響，如此震耳好像是射在屋子牆壁上似的。士兵們立刻直起身子，又傳來兩聲槍聲，隨後跟著另外三聲。

樓上的房門突然打開，年輕女人光著腳走下來，披著襯衫穿著短襯裙，手上舉著燭台，臉色驚恐。她結巴地說：

「法國軍來了，至少兩百人，他們如果發現你們在這裡，會燒了房子。快點下到地窖去，不要出聲，如果你們出聲音，我們全都完了。」

驚恐的士官長喃喃地說：

「窩願意，窩願意。要從哪裡走下地窖？」

年輕女人趕快掀開狹窄的四方形活門，六個人踏著螺旋形小樓梯往下，一個接一個，面對著牆，腳跟試踏著階梯，鑽入地窖了。

當最後一個軍帽頂端消失在地面時，蓓爾汀關上厚重的橡木活門板，這活門板厚得像堵牆，硬得像鐵，用絞鍊撐著，上頭有個像牢房的鎖孔；她拿鑰匙在鎖孔了轉了兩下，然後笑起來，一個無聲而喜悅的笑，真巴不得在這群俘虜頭上跳起舞來。

他們沒出半點聲音，關在裡頭像關在一個堅固的箱子裡，一個石頭箱子，只靠一個嵌著鐵條的氣窗透氣。

蓓爾汀重新燃起爐火，把鍋子架上，重新煮一鍋湯，嘴裡低聲說：

「父親今晚一定累壞了。」

她坐下等著，寂靜之中只有那大座鐘的鐘擺規律地滴滴答答。

年輕女人不時看看鐘，焦急的眼光似乎在說：

「好慢啊。」

但她立刻聽到腳下似乎有低聲的說話聲，低沉而模糊的語句穿過地窖的水泥拱頂傳上來，普魯士人開始猜到她的詭計，過了一會兒，士官爬上小樓梯，用拳頭敲打著活門。

「開悶。」

她站起身，走道活門邊，模仿他的德國口音說：

「泥要做什麼？」

「開悶。」

「窩不開悶。」

士官生氣了。

「開悶，不然我打破悶。」

她笑了起來：

「打吧，好傢伙，打吧，好傢伙。」

他開始用槍托撞擊蓋在他頭上的橡木門板，但是門板抵住了撞擊。年輕女人聽到他又走下樓梯，隨後，那些士兵一個個上來，使勁用力敲，察看門板，但是他們應該自知再試也是無用的，又都再下到地窖裡，彼此低聲談話。

年輕女人仔細聽他們的動靜，然後打開大門，在夜色裡傾聽。

她聽見遠處傳來狗叫聲，就像個獵人般吹起口哨，兩隻巨大的狗立刻在夜色中出現，縱身朝她撲過來，她抓住牠們的脖子，不讓牠們亂縱亂跑，然後盡全力高聲喊道：

「喂，父親？」

一個遠遠傳來的聲音回答：

「喂，蓓爾汀。」

她等了幾秒鐘，又喊：

「喂，父親？」

回答的聲音比較近了：

「喂，蓓爾汀。」

她接著又喊道：

「不要從氣窗前走過，地窖裡有普魯士人。」

那高大的男人身影突然向左一偏，在兩株大樹中間停下，他擔心地問：

「普魯士人在地窖裡，做什麼？」

年輕女人笑了：

「就是前天來的那些人，他們在森林裡迷了路，我讓他們到地窖裡涼快涼快。」

她敘述這件事的始末，她如何用手槍放了幾個槍子嚇他們，又如何把他們關到地窖裡。

依舊嚴肅以待的老翁問道：

「現在這麼晚了，妳叫我怎麼辦呢？」

她說：

「去通知拉芬尼耶先生和他的民兵隊吧，他把他們抓起來當俘虜，一定高興死了。」

父親微笑著說：

「是啊，他一定很高興。」

他女兒接著說：

「我煮了湯，你快點喝了就上路吧。」

老翁坐上飯桌，先在地上擺了兩個盤子餵狗，之後坐下來自己吃飯。

普魯士人聽到說話聲，都安靜下來。

一刻鐘之後，「假好漢」又出發了。蓓爾汀雙手抱著頭，等候著。

＊

俘虜們又開始騷動，他們現在喊著、叫著，不停瘋狂地用槍托撞擊地窖那紋風不動的門板。

之後他們開始從氣窗朝外開槍，無疑希望能被經過附近的德國支隊聽見。

年輕女人不再亂動，但這些聲音令她焦躁、生氣，一股怒氣湧上，想把他們都殺了，這些惡棍，讓他們不再出聲。

她愈來愈焦躁，看著時鐘，計算著每一分鐘。

父親出發已一個半鐘頭，現在已經到城裡了，她似乎看見他把事情告訴了拉芬尼耶先生，拉芬尼耶先生激動得臉色發白，搖鈴叫女僕拿來他的軍服和槍枝。她似乎聽見街上敲著鼓聲，各家各戶窗戶鑽出驚惶的腦袋。民兵們氣喘吁吁跑出來，衣服都還沒穿好，大步快走朝指揮官家趕去。

然後整個部隊跟在「假好漢」後面出發，在夜色中雪地中朝森林前進。

她看著鐘，「他們應該會在一個小時內到達。」

她等不及了，神經質地焦躁起來，每分鐘都漫長無盡頭，真慢啊！

終於，時針指著她認為他們會到達的時間。

她又打開門，想聽聽他們前來的動靜，突然看見一個人影小心翼翼往前走，嚇得叫出聲來。人影是他父親。

他說：

「他們派我先來看看情況是否有變。」

「沒有，什麼都沒變。」

他在黑夜中吹出一聲尖而長的口哨，立刻就看見一個棕色的東西在樹下緩緩靠近，那是由十個人組成的前哨。

「假好漢」不停囑咐：

「別經過氣窗前面。」

第一批到達的人指向那危險的氣窗的位置給後來的人看。

部隊的主力終於都到了，總共兩百人，每人帶著兩百發子彈。

拉芬尼耶先生激動顫抖，佈署好弟兄們，團團圍住房子，在地窖和地面齊平通風的那個黑洞氣窗前留了好大一塊空位。

他接著走進房子裡，打聽清楚敵人的實力和所在位置，敵人一聲不響，讓人以為他們消失了、不見了、或是從氣窗飛走了。

拉芬尼耶先生用腳跺著活門的蓋板，叫喚著：

「普魯士軍官先生？」

德國人不回答。

他又叫：

「普魯士軍官先生？」

還是沒回音，他花了二十分鐘勸告那沉默的軍官把槍械和配備交出來投降，並保證他和手下都能保住性命和軍人榮譽，但他沒得到任何同意或反對的回應，情況變得棘手。

民兵們在雪地上跺著腳，胳臂駛近拍著肩膀，就像趕車的人試著讓身體暖和，他們盯著氣窗，想從前面經過的孩子氣念頭愈來愈強烈。

民兵裡有一個忍不住想嘗試，一個叫做博德凡的傢伙，他素來身手矯捷。他提起勁像隻鹿一樣衝過氣窗前，成功了。俘虜們像死了一樣毫無動靜。

有人高聲喊著：

「都沒有人。」

另一個士兵也從這危險的氣窗洞前面那空出的地方走過。結果這好像成了一個遊戲，大家一個接一個從氣窗前衝過，從這堆跑到對面另一堆士兵那裡，像孩子玩捉迷藏似的，他們一個個抬起腿跑，腳下濺起雪花。他們為了取暖，把枯樹枝聚起來燃了一大叢火，火光照耀著從民兵群衝到左側的一個個迅速人影。

有人高喊：

「輪你了，馬魯阿松。」

馬魯阿松是個笨拙的麵包師傅，一個大肚子總讓同伴取笑。

他猶豫不決，大家開始開他玩笑，於是他下定決心，衝出去，邁著強勁的小步伐節奏，氣喘吁吁，大肚腩抖動不停。

全隊的人都笑出眼淚來，大家喊叫鼓勵：

「好耶，好耶，馬魯阿松！」

他走了大約三分之二的路程，這時候，氣窗裡閃出一道快速紅色的長光，大家聽到一聲槍響，胖大的麵包師傅慘叫一聲，臉朝地倒下。

*

沒人衝上去救他，大家看著他呻吟著在雪地裡爬，爬到氣窗危險範圍之外，就昏倒了。

他肥胖的大腿上中了一彈，在大腿上方。

剛開始的驚惶和害怕過了之後，一陣笑聲又揚起。

指揮官拉芬尼耶先生出現在森林小屋門口，他剛擬好攻擊計畫，以顫動的嗓音發號施令：

「洋鐵鋪布朗盧老闆和工人。」

三個人走上前到他跟前。

「你們把房子上邊的排水管都拆下來。」

一刻鐘之後，他們搬來了二十公尺的排水鉛管。

拉芬尼耶先生小心翼翼在活門蓋旁邊挖了一個小圓孔，用幫浦從排水管引水到這個洞，帶著欣喜的神情宣布：

「我們要請德國先生們喝點東西。」

一陣狂烈的喝采歡呼，接著是歡喜的喊叫和哈哈大笑。指揮官組織大家每五分鐘輪流換手，然後發號施令：

「抽水。」

收水唧筒的搖手把開始旋轉，一陣細微的聲響沿著水管，之後落到地窖裡，鐵軸搖著搖著，成為涓涓流水，像魚缸裡一級級流下的水聲。

大家等待著。

一個鐘頭過了，兩個鐘頭，三個鐘頭。

心焦的指揮官在廚房裡踱著步，不時把耳朵貼著地面，猜測敵人動靜，心想他們是否很快就要投降。

現在敵人開始騷動，可聽見他們搬動酒桶、說話、發出水中啪啪作響的聲音。

到了早上大約八點鐘的時候，氣窗裡傳出一聲：

「窩要和法國軍官說話。」

拉芬尼耶先生從窗戶稍稍探出頭來，回說：

「你們要投降嗎？」

「窩投降。」

「那麼，把槍枝丟到外面來。」

大家看見從氣窗裡丟出一枝槍，掉到雪地裡，隨後第二枝、第三枝，所有的槍都繳出來了。那聲音又說：

「都妹有了。快一點。窩要淹死了。」

指揮官發令：

「停止抽水。」

幫浦的搖手把停下不動了。

士兵把廚房擠得滿滿站不下了，槍枝收攏在腿邊。他緩緩掀開活門的門板。四個腦袋出現了，已濕透，四個灰灰金黃頭髮的腦袋，之後又看見一個接另一個，六個德國士兵都出來了，發著抖，渾身滴水，驚慌失措。

他們被抓起來上了綁。為了不橫生枝節，大家立刻出發返回城裡，分成兩隊人馬，一對押解俘虜，另一隊用樹枝綁成的擔架把馬魯阿松抬回去。

他們凱旋班師回到赫泰勒。

拉芬尼耶先生因擒獲普魯士一隊前哨而獲頒勳章，胖麵包師傅因在面對敵人的陣前受傷而獲頒軍人獎章。

主顯節晚餐[20]

「啊！」卡弘伯爵上尉說：「我相信我一定不會忘記戰爭期間的那次主顯節晚餐！」他繼續說：

我當時帶領一小隊騎兵團，十五天以來負責面對德軍先鋒部隊的前哨偵查。前一天，我們宰了幾名普魯士騎兵，我方也折損了三名士兵，其中一個就是可憐的約

20 譯註：主顯節是基督教重要節日，紀念及慶祝耶穌誕生後東方三賢士前來祝賀的日子。日期是每年一月六日。

瑟夫・侯德米勒——你們對他都記得很清楚吧。

那一天，我的長官命令我帶領十名騎兵前往博德罕村，在那兒看守一整夜，三個星期交戰以來，我方軍隊在那個村子已被擊退五次。戰火中的這個村子只殘存不到二十戶房屋還沒被摧毀，只剩下十來個居民。

因此我帶了十個騎兵，清晨四點出發。五點夜色還深沉時，我們抵達博德罕村最外圍的第一道護城牆。我暫停下來，命令瑪夏——你們知道的，皮耶・德・馬夏，他後來娶了馬爾蝶・歐福蘭小姐，也就是馬爾蝶・歐福蘭侯爵的女兒——獨自進到村裡，探了情況後回來跟我報告。

我挑選的十個騎兵都是自願來的，都是家世好的；帶兵卻能不和一堆沒教養的粗野人朝夕相處，是件愉快的事。這個瑪夏非常伶俐靈活，精明的像隻狐狸，身肢柔軟像條蛇。他把普魯士兵開膛破肚的功夫，就像狗撕爛一隻野兔一樣俐落；在我們快餓得要死的地方，他就是有本事找到吃的東西；他能從任何人嘴裡問到需要的可靠消息，手段高明讓人嘆為觀止。

十分鐘之後他回來了：

一切平靜，三天以來沒有任何普魯士軍經過。這村子還真陰森，我和一個修女攀談了一會兒，她在一個廢棄的修道院裡照顧四、五個病人。

我下令往前，我們進入了城裡最主要的一條街，左右兩邊隱約見到一些沒了屋頂的禿牆，在深沉夜色中幾乎看不見。不時從玻璃窗後透出一絲光亮，某一家人留下來守衛自己家門不至於傾倒，都是些勇敢選擇留下或是窮困無別處可去的家庭。雨開始落下，一陣冰冷的細雨，在我們淋濕前，光一摸大衣已經凍徹骨。馬匹踉蹌而行，不時撞到石頭、木樑、家具。瑪夏在我們前面步行，拉著他的坐騎，帶領著我們。

「你把我們帶到哪兒？」我問他。

他回答：

「我有一個落腳處，一個好地方。」

不多久後，他停在一棟完好的富人小屋前，門關得嚴密，門面朝街，屋後有個小花園。

瑪夏在柵欄門邊撿起一塊石頭，敲毀大門鎖，走上台階，一腳踢開大門，肩膀一頂，門開了，擦亮口袋裡隨身攜帶的一小段蠟燭，帶我們進入一個舒適、氣派的富人住宅，信心滿滿地帶著我們往前，那令人讚佩的篤定，對這棟他頭一次進入的房子，就像他之前住在這裡很久了似的。

兩名士兵待在屋前看守我們的馬匹。

瑪夏對尾隨在後的胖子邦特雷說：

「馬廄應該是在左邊，我進來時瞄到了，你去把馬匹牽進馬廄，現在我們暫時不需用馬。」

他轉身朝向我：

「你快下令啊，媽的！」

這小子總是令我驚訝，我笑著回答說：

「我會佈署士兵們鎮守村子四周，之後我再回到這裡。」

他問：

「你要帶多少人走？」

「五個，其他人到晚上十點換班。」

「好，你留四個給我準備儲糧、煮飯、擺桌子。我啊，我負責找到藏酒的地方。」

我離開，又走上空無一人的街上，直走出小村，走到平原上，然後佈署士兵。

半個鐘頭之後，我又回到小村。我看見瑪夏仰坐在一張伏爾泰式高背扶手椅上，他把椅子護套摘掉了——據他自己說是因為對豪奢的喜好。他腳伸到壁爐前烤著，抽著一根上好雪茄，香味充斥整個客廳。他獨自一個人，雙肘靠在椅子扶手上，頭縮在雙肩裡，面頰潤紅，眼神晶亮，一付陶醉的模樣。

我聽到旁邊一間傳來碗盤的聲音。瑪夏心滿意足地微笑對我說：

「不錯，我在雞籠裡找到波爾多葡萄酒，在屋前台階下找到香檳，在菜園裡一棵燈籠照著一看似乎不太直挺的梨子樹下找到燒酒——五十瓶甘醇的燒酒。吃的東西呢，我們有兩隻母雞、一隻鵝、一隻鴨、三隻鴿子和鳥籠裡一隻烏鶇，全是禽類，它們都正在烹煮之中。這村子真是個好地方。」

我在他對面坐下，壁爐裡的熊熊爐火烘烤著我的鼻子和雙頰：

「你哪裡找來燒火的木柴？」我問。

他低聲地說：

「絕佳木質，屋主的馬車砍的，是柴上塗的漆引燃這雄烈火焰，汽油和清漆混和的塗料。這屋子真不錯。」

我笑了起來，覺得他這傢伙實在太逗。他繼續說：

「今天是主顯節！我要在鵝肉裡放顆蠶豆，但是我們沒有皇后，這真傷腦筋！[21]」

我像回聲似的附和說：

「這真傷腦筋，但你要我怎麼做呢，我？」

「你去找來啊，媽的！」

「找什麼來？」

「女人。」

「女人？……你瘋了！」

「我不是在梨子樹下找到燒酒嗎，我，又在屋前台階下找到香檳，何況根本沒靠任何蛛絲馬跡指引呢——至於你，只要穿裙子就是個確切的指標，快去找，老夥伴。」

他表情如此鄭重、如此嚴肅、如此確然，我搞不清他是否在開玩笑。

我回答：

「別鬧了，瑪夏，你是在開玩笑？」

「值勤務時我從不開玩笑。」

「天殺的你叫我去哪裡找到女人啊？」

「隨便你去哪裡找都可以，這地方總會留下兩、三個女人吧。找出來，帶回來。」

我站起身，待在這壁爐火前面太熱了。瑪夏又說：

「給你個點子要不要？」

「要。」

「去找本堂神父。」

「本堂神父？為什麼？」

21 譯註：按照傳統，主顯節時大家會聚在一起吃一種酥油杏仁餡的「國王餅」，餡裡藏一顆蠶豆，切開分食，吃到蠶豆的人當國王，當國王的人可以選皇后。瑪夏因勢就簡，把蠶豆放在鵝裡，但沒有女性，無法選皇后。

「請他來吃晚餐，懇請他帶個女人一起來。」

「本堂神父！帶個女人來！哈！哈！哈！」

瑪夏無比鄭重地說：

「我不是說笑，去找本堂神父，把我們的情形告訴他。他一定百般無聊，必定會前來，但你告訴他我們需要至少一個女人，當然要一個如假包換的女人，因為我們這裡清一色只有男人。他必定對堂區裡的女信徒如數家珍，倘若其中有一個適合，倘若你段數夠高，他就會指點一個女的給你。」

「別鬧了，瑪夏，你到底在亂想什麼？」

「我親愛的卡弘，你一定會做得很好，這差事甚至很好玩。我們可是會享受人生的人，媽的！我們會舉止得宜，極為上道。把我們的名字報給神父、逗他開心、讓他心軟、誘惑他、讓他下決心助我們一臂之力。」

「不，我絕做不到。」

他把扶手椅拉靠近我，這壞蛋非常清楚我的弱點，繼續說：

「想想看這樣做多麼大膽，以後說給人家聽多有趣，之後整個軍隊都會流傳，你光憑這個就會名聲不朽。」

我猶豫不決，很想冒險一試。他繼續遊說：

「好啦，我的小卡弘，你帶領我們小隊，只有你能去找這裡的教堂神父。求求你，去吧。我保證戰後會用詩句敘述這個事蹟投稿到《兩個世界雜誌》。你本當為弟兄們做這件事，整整一個月來你讓他們走的也夠久了。」

我站起來，問道：

「本堂神父住在哪兒？」

「第二條街左轉，走到底，看到一條大路，大路走到底就是教堂，本堂神父就住在教堂旁邊。」

我走出門，他喊道：

「把菜單告訴他，讓他嘴饞！」

我輕易就找到神父住的小房子，就在一座磚造的難看大教堂旁邊，門上既沒有門鈴也沒有門環，我只好握著拳頭敲敲門，屋裡一個宏亮的聲音問：

「是誰？」

我回答：

「騎兵隊中士。」

我聽到開鎖和轉動鑰匙的聲音，面前出現一位高大的神父，挺著大肚子，健壯如格鬥者的胸肌，折起的袖口中露出寬大的手，臉色紅潤，模樣正直。

我行了一個軍禮。

「日安，神父先生。」

他原本擔心是壞人闖來，四處亂闖的宵小設下的陷阱，放下心後他微笑回答：

「日安，我的朋友，請進。」

我跟著他走進一個鋪著紅磚地的小房間，房間裡燃著一小爐火，那火與瑪夏燒的熊熊壁爐火無法相比。

他指著一張椅子讓我坐下，對我說：

「我能為您做什麼呢？」

「神父先生，請容我先介紹我自己。」

我把名片遞給他。

他接過去，低聲念道：

「卡弘伯爵。」

我接著說：

「我們有十一位弟兄在這裡，神父先生，五名守哨，另外六名住在不知名的一戶人家裡。後六名的名字分別是卡弘——在下，以及皮耶・德馬夏、路多米克・德邦得黑、艾德黑男爵、知名畫家馬蘇林尼的兒子卡爾・馬蘇林尼、以及一位年輕音樂家喬瑟夫・艾爾邦。我代表我自己和他們前來懇求您賞光前來和我們共進晚餐。今日是主顯節晚餐，神父先生，我們想歡慶這個節日。」

神父微笑，低聲說道：

「值此戰時，似乎不太適合作樂。」

我回答說：

「先生，我們日夜作戰，一個月以來我們和十四個弟兄死別，昨日還折損了三位弟兄。戰爭就是這麼一回事，我們以生命作賭注，隨時隨地都可能失去它，難道連快樂賭生命的權利都沒有嗎？我們是法國人，喜愛歡笑，也懂得隨時作樂，我們的祖先豈不是在斷頭台上都嘻笑怒罵嗎！今晚，我們想忘懷解憂一下，也只是稍微鬆懈，不是要喝得醉醺醺，您應該能夠了解，我們這樣想錯了嗎？」

他激動地回答：

「當然沒錯，我的朋友，我非常高興接受你們的邀約。」

他喊道：

「愛爾蒙絲！」

一個年老農婦走出來，駝著背、滿臉皺紋、模樣恐怖，問道：

「什麼事嗳？」

「今晚我不在家吃飯，孩子。」

「那您在哪兒吃晚飯？」

「和騎兵隊的先生們一起吃。」

我本想說「您的女僕也一起帶來吧」，看看瑪夏會是什麼苦瓜臉，但我不敢說出口。

我接著說：

「在您留在村子裡的教友中，我是否能一併邀請某個教友或女教友？」

他沉吟一會兒，想了一下，然後說：

「沒有，沒有人。」

我不放棄：

「沒有一個！……哎呀，神父先生，您再想想吧，晚餐若有女士參加才有意思，我是說，有男士女士夫妻一起來！我不知道，例如麵包師傅帶著太太，雜貨店老闆、或是……呃……鐘錶師傅……呃……鞋匠……呃……藥房老闆帶著老闆娘一同前來……我們準備了豐盛的一餐，還有葡萄酒，我們很希望給本地父老留下一個愉快的回憶。」

神父又思索了好一陣子，然後決斷地說：

「沒有，沒有人。」

我笑起來：

「見鬼了！神父先生，我們準備了蠶豆，缺個皇后就傷腦筋了。好好想想吧，就沒個結了婚的村長、結了婚的村長助理、結了婚的村幹事、結了婚的小學老師嗎？……」

「沒有，所有的女眷都離開了。」

「什麼，整個村子方圓附近都沒一個家中情況稍好的夫人伴著先生留下，好讓我們能帶給他們一些歡樂？因為值此時節，對他們來說，這個晚餐可是一個非常難得的歡樂機會。」

神父突然笑起來，哈哈大笑地渾身都顫抖起來，大聲說道：

「哈！哈！哈！我想到了，基督，聖母瑪利亞，我想到了！哈！哈！哈！我們會很搞笑，我的孩子們，我們會很搞笑，而且她們也會很開心，啊，一定很開心，哈！哈！……你們住在哪裡？」

我把住的地方和房子樣子描述給他聽，他知道在哪裡了：

「很好，那是貝爾丹・拉斐爾的宅邸，我半個鐘頭之後會到，帶著四名女士！！！……哈！哈！哈！四名女士！！！……」

他送我出來，還一直笑個不停，分手時重複一次：

「好的，半個鐘頭後，貝爾丹・拉斐爾的宅邸。」

我速速回去，非常驚訝，也萬分存疑。

「要擺多少份刀叉？」瑪夏一看到我就問。

「十一份。我們有六名騎士，加上神父，和四名女士。」

他驚愕不已，我勝利了。

他不停問：

「四名女士！你說：四名女士？」

「我說：四名女士。」

「是真的女人嗎？」

「真的女人。」

「天啊！你真了不起！」

他離開扶手椅，走去打開房門，我看見長桌上鋪了一張漂亮的白桌布，桌旁三個穿著藍色圍裙的騎兵正在擺放餐盤和酒杯。

瑪夏大聲喊道：「今晚會有女士來！」

三個騎兵跳起舞，大聲鼓掌。

一切就緒。我們等待著。我們等了快一個鐘頭。一股烤雞的香味瀰漫整個屋子。護窗板上一記敲聲讓我們所有人同時站起，胖子德邦得黑跑著去開門。不到一分鐘時間，門框裡出現一個矮小的修女，瘦削、皺紋滿臉、羞怯，朝向睜大眼睛盯著她走進來的四個騎士一一行禮問好。在她身後，從穿衣間傳來手杖敲著地板的聲音，當她走進客廳，我看見後面三個帶著白帽的老太太以不同的走姿朝我們走過來，一個歪向右，一個歪向左，三位老太太拖著腿跛著腳走進來，腿不知是因疾病或年紀出了毛病，三個不中用的殘廢，聖本篤修女主持的醫療院裡只有這三個還能行走的病患。

修女轉身面對三位病患，滿是關懷憐惜；隨後，她看見我配戴的中士軍階，對我說：

「軍官先生，我衷心感謝您想到這些可憐的女人，她們一生中鮮有娛樂，您為她們所做的，不僅是一個盛大的邀請，更是一個很大的榮耀。」

我看見神父待在走廊陰影處，笑得開懷。我呢，我也哈哈大笑起來，尤其看到瑪夏那張臉的表情。隨後我請修女入席：

「修女請坐，我們非常光榮也非常高興您接受我們卑微的邀約。」

她拉了三張椅子靠著牆排好，面對壁爐火，把三位老太太領過去，安排她們坐好，拿下她們的手杖、脫下她們的圍巾放在一角，指著第一位——瘦削卻鼓著肚子，想必是水腫病患：

「這是波梅爾老太太，丈夫從屋頂摔下死了，兒子死於非洲，她今年六十二歲。」

隨後她指著第二個，一個高大的老太太，頭抖個不停：

「這位是江江老太太，六十七歲，在火災中右腿幾乎燒掉一半，眼睛也看不見了。」

她又指著第三個，一個矮小的侏儒，凸出的眼球東轉西轉，圓圓大大看著愚蠢。

「這位是碧塔，是個智障，只有四十四歲。」

我像晉見女皇一般向這三位女士問好，轉身對神父說：

「神父先生，您是個可貴的人，我們在座的所有人都對您心存感激。」

大家都笑起來，只除了瑪夏，他看起來火冒三丈。

「我們的聖本篤修女餐點已上！」卡爾．馬蘇林尼突然大聲說。

我讓她和神父先入坐，然後扶起波梅爾老太太的手臂，攙扶著她走到飯廳，這花了我不少力氣，因為她鼓脹的肚子像是比鐵塊還重。

胖子德邦得黑扶起江江老太太，她呻吟著找她的拐杖；矮小的喬瑟夫．艾爾邦帶領智障碧塔走向充滿肉香味的飯廳。

我們在餐盤前坐下，修女雙手拍了三聲，三位女士以舉槍致意的精確手勢，快速在胸前劃了個十字。神父緩緩地誦著《飯前經》拉丁文禱詞。

大家就坐，瑪夏端來兩隻母雞上桌，他不想坐下吃這滑稽的晚餐，所以由他端菜。

我大聲叫道：「快上香檳！」瓶塞像子彈射出發出砰的一聲，儘管神父和修女推辭，坐在三位殘障女士旁的三位騎兵強迫她們喝下滿滿一杯香檳。

無論置身哪裡都像在自家裡一樣從容自在、和所有人都能打成一片的馬蘇林尼，正以一種爆笑的方式對波梅爾老太太搭訕。患水腫的老太太雖然遭遇許多不幸，依舊保有愉快的個性，也用做作的假音和他開著玩笑，身旁馬蘇林尼開的玩笑令她開懷大笑，鼓脹的肚子好像快翻在桌上滾動似的。矮小的艾爾邦拚命想灌醉智障碧塔，而反應比較慢的艾德黑男爵則和江江老太太聊著天，問她的生平、習慣、療養院裡的規矩。

驚惶的修女對著馬蘇林尼大聲說：

「喔！喔！您會讓她病倒，別讓她笑成這樣，我求您，先生。喔！先生……」

她又站起來，撲到艾爾邦身上，想奪下他手中滿滿一杯酒，但他已火速把酒灌進碧塔嘴中了。

神父笑得身體扭成一團，不停對修女說：

「別管了吧，就這麼一次，不會礙事的，別管了。」

兩隻母雞吃完，我們又吃了鴨，以及兩旁擺的三隻鴿子和烏鶇；之後鵝上桌了，冒著熱氣，烤得金黃，瀰漫著一股烤肉油滋滋熱呼呼的香味。

波梅爾老太太激動地拍起手；江江老太太停止回答男爵不斷提出的問題；碧塔開心地發出喉音，半尖叫半嘆息，像小孩子看到糖果一樣。

「請容許由我來切這隻。」神父說：「這事兒我比任何人都拿手。」

「那當然，神父。」

修女說：

「我們開一點窗戶吧？她們太熱了，我確信這樣下去她們會病倒。」

我轉身對瑪夏說：

「把窗戶打開一分鐘吧。」

他把窗戶打開，外面寒冷的空氣竄進屋，吹得蠟燭火光搖曳，烤鵝的熱氣亂飄，神父脖子上綁著條餐巾，正俐落地掀起鵝翅。

我們現在一聲不吭看著他切鵝，被他雙手俐落的動作所吸引，看著這燒烤的大鵝被切成一塊一塊落到大盤子底棕色的醬汁裡，更撩起食慾。

突然間，大家屏氣凝神專注美食的沉默之中，從敞開的窗戶傳進來遠處一聲槍響。

我火速站起身，椅子被撂往後倒在地上，我大聲叫道：

「所有人上馬！你，瑪夏，你帶兩人去探情形，我在這兒等你，五分鐘後回報。」

三位騎兵在夜色中縱馬離開時，我和剩下的兩名騎兵在大門口台階前縱身上馬，神父、修女、以及三位女士驚恐地從窗戶看著我們。

四下村野只聽到一陣狗叫聲。雨停了，天氣很冷，非常冷。不久後，我聽到一陣馬蹄聲，一匹馬朝著我們這裡奔來。

是瑪夏的馬，我朝他大喊：

「怎麼了？」

他回答：

「什麼事也沒有，弗朗索傷了一位老農夫，因為問他『是誰？』他不回答，悶著頭往前走，也不聽從士兵要他遠離避開的命令。我們把他帶過來了，問問看就知道是什麼情形。」

我下令大夥兒把馬遷回馬廄，派了兩名士兵去接其他人回來，我自己則回到屋子裡。

神父、瑪夏和我一起把一張床墊從樓上拿下來到客廳裡，以便讓傷者躺在上面；修女撕開一條毛巾當作繃帶，其他三位嚇呆了的女士坐在角落。

不久，我聽到路上有軍刀拖地而行的聲音，我舉著蠟燭往前，為回來的士兵照亮路，他們出現了，帶著一個不動彈、軟綿的、長形而陰森的物體，那是人的軀體在生命離開之後，變成的模樣。

我們把傷者放在準備的床墊上，我一眼就看出，他已快死了。

他喘著氣，吐著血，血沿著嘴角滑下，一咳就吐出更多血來。他全身都是血！雙頰、鬍子、頭髮、脖子、衣服上都是，就像浸在紅染缸裡搓洗過似的。血乾凝在他身上，顏色變深，混著汙泥，慘不忍睹。

老農夫身上裹著一大件牧羊人穿的粗羊毛大衣，不時張開他那死氣沉沉、無神、毫無思考的眼睛，像是愚鈍的驚訝，就像獵人殺死的動物，看著獵物倒在腳邊，奄奄一息，驚訝又恐懼地呆滯了。

神父喊道：

「啊，是布拉席老爹，磨坊區那裡的老牧師。他耳朵聾了，可憐的人，所以什麼也沒聽見。啊，上帝啊！你們殺了這個不幸的人！」

修女扯開罩衫和襯衣，看著胸口處一個紫色的彈孔，現在已經不冒血了。

「沒救了。」她說。

老牧人痛苦地喘著氣，每呼這最後一口氣就吐出血來，我們聽到他從喉嚨直到肺部深處連續不停發出恐怖的咕嚕聲。

神父站在他前面，伸起右手，劃個十字，緩慢而莊嚴地誦著洗淨靈魂的拉丁文禱詞。

他還沒誦完，老牧人短暫地抖動了一下，就像有什麼東西在他身上碎裂了。他不再呼吸，死了。

我一轉過身，看見了比這可憐人垂死的一幕還更恐怖的畫面：三位老太太站著，緊緊挨著，模樣駭人，因焦慮和恐懼做著鬼臉。

我走向她們，她們開始尖叫，試著逃跑，就像我也要殺了她們一樣。

腳被燒毀的江江老太太已經站不住，直挺挺倒在地上。

聖本篤修女丟下死者，衝到三個殘障身旁，沒對我說一句話，也沒看我一眼，幫她們圍好圍巾，把枴杖交給她們，推著她們走到大門，讓她們出了大門，然後跟她們一起消失在如此黑暗深沉的夜裡。

我知道我別想讓一名騎兵護送她們回去，因為她們光聽到刀劍的聲音就會嚇破膽。

神父一直望著死者。

最後他終於轉身看著我說：

「啊！場面真難看。」

莫泊桑年表

一八五〇年　八月五日，出生於法國諾曼第地區的托維修阿爾克村（Tourville-sur-Arques）。父親系出名門，母親娘家是世居諾曼第的家族。

一八五四年　舉家遷往格蘭維爾。父母分居。

一八六二年　十二歲這年，父母離異。母親帶著他和弟弟同住。

一八六三年　入神學院就讀，住校。對在校生活感到厭倦。開始寫詩。

一八六七年　從神學院退學。與母弟遷往盧昂。進盧昂的高級中學就讀。秋天，結識作家福樓拜。

一八六九年　十九歲，盧昂高中畢業。取得大學入學資格。

一八七〇年 七月，普法戰爭爆發。從軍。

一八七一年 離開部隊。轉入海軍部，以臨時雇員身分從事庶務工作。經常向福樓拜請益。結識左拉、都德、龔古爾等文人。

一八七五年 二十五歲，以筆名發表短篇小說。

一八七六年 在《文學共和國》雜誌發表詩作。十月並發表一篇福樓拜研究文章。持續將小說作品投稿雜誌並得到刊登。與以左拉為首的自然主義作家團體定期聚會。

一八八〇年 三十歲這年進展甚多。一月，〈脂肪球〉初稿得到福樓讚賞。二月，出現多種身體不適症狀。四月，由左拉邀約集結的短篇小說集《夜談》出版，其中包括《脂肪球》在內幾篇以普法戰爭為題材的作品。莫泊桑博得文名。同月，出版詩集。繼續創作，作品頗豐。

一八八一年 赴非洲阿爾及利亞旅行。十二月，出版小說集《戴利埃》。從工作退休，全心創作。

一八八三年 三月起，長篇小說《女人的一生》發表於勝利報。出版短篇小說集

《山雞的故事》。在故鄉蓋別墅。以暢銷作家身分進出巴黎上流社會。

一八八四年 陸續出版三本短篇小說集和一本遊記。

一八八六年 購買遊艇，赴義大利和英國。

一八八七年 三十七歲這年開始，健康情況惡化。眼疾與失眠問題嚴重。

一八八九年 數次搬家，經常旅行。據說是為了逃離幻覺和死亡的陰影。

一八九〇年 四十歲，長篇小說《男人的心》出版。

一八九二年 元旦，與母親相會，出現妄語。隔日，出現自殘行為。一周後被送入巴黎郊外的精神病院。

一八九三年 七月，病逝。葬於蒙帕納斯墓園。

莫泊桑 戰爭短篇小說傑作選

作　　者　莫泊桑（Henri-René-Albert-Guyde Maupassant）
翻　　譯　嚴慧瑩
總 編 輯　陳郁馨
封面設計　井十二工作室
內頁排版　Juppet

社　　長　郭重興
發行人兼
出版總監　曾大福
出　　版　木馬文化事業股份有限公司
發　　行　遠足文化事業股份有限公司
地　　址　23141 新北市新店區民權路 108-4 號 8 樓
電　　話　02-22181417
傳　　真　02-86671891
Email　service@bookrep.com.tw
郵撥帳號　19588272 木馬文化事業股份有限公司
客服專線　0800221029
法律顧問　華陽國際專利商標事務所　蘇文生律師
印　　刷　成陽印刷股份有限公司
初　　版　2017 年 1 月
定　　價　280 元
ISBN　978-986-359-346-1

木馬臉書粉絲團：http://www.facebook.com/ecusbook
木馬部落格：http://blog.roodo.com/ecus2005

莫泊桑戰爭短篇小說傑作選 / 莫泊桑著；嚴慧瑩翻譯. -- 初版. -- 新北市：木馬文化, 2017.01
面；　公分
ISBN 978-986-359-346-1(平裝)

876.57　　105023735